喧 嚣

设计师联名书系·K经典

Großer Lärm

[奥]弗朗茨·卡夫卡 Franz Kafka 著 · 卡夫卡中短篇作品 · U N R E A D

彤雅立 译 · 德文直译全集 · 北京燕山出版社
BEIJING YANSHAN PRESS

目录

有来（1897）
"Es gibt…"

有来，有去，

有分离，往往不——再见。

11月20日于布拉格

多少话语（1900）
"Wie viel Worte…"

　　有多少话语在这本书中啊！它们应当回忆！好似话语能够回忆！

　　因为话语是差劲的登山者，也是差劲的矿工。它们既不从山巅也不从山的深处取走宝藏。

　　但是，有种活生生的想念，像亲昵的手，温柔地抚过所有值得回忆之事。当火焰从灰烬中冉冉升起，火红且灼热，强劲而有力，你如着魔般凝视，却不可以用笨拙的手与粗劣的工具在这纯洁的想念上书写，唯能写在这些朴素的白纸上。

写于1900年9月4日

小灵魂（1909）
"Kleine Seele"

小灵魂，
雀跃起舞，
昂首于温暖的微风中，
双脚从灿烂草地抬起，
风温柔吹过。

一场战斗纪实（1904—1910）
Beschreibung eines Kampfes

A 稿　Fassung A

浩瀚苍穹下，
天空自远方山丘，
绵延至更远的山丘。
人们身着衣装，
踉跄地在碎石上漫步。

一

　　约莫十二点，有些人已经起身，鞠躬握手，说这次聚会真是愉快，然后穿过偌大的门框到前厅穿上大衣。女主人站在房间中央不住地鞠躬，衣裳随之产生了褶皱。

我坐在一张由三条可伸缩细腿支撑的小桌前，正啜饮第三杯班尼狄克汀甜酒，同时望着我先前亲自挑选出来并摆放整齐的小饼干——因为它们口感细腻。

这时，我新认识的朋友向我走来，有点儿心不在焉地对我正在做的事情微微一笑，接着用颤抖的声音说："原谅我来找您。我一直都和我的女孩待在隔壁房间。从十点半开始，时间没过多久。原谅我跟您说这些。我们彼此并不熟，不是吗？我们只是在楼梯上相遇，礼貌地寒暄了几句，现在我已经在跟您谈我的女孩了。可是，拜托，您得原谅我，我无法再掩藏我的幸福，我没有办法控制自己。况且我在这里没有可以信赖的朋友——"

他这么说着，我则难过地注视着他——因为我口中有块水果蛋糕，味道不太好——然后朝着他俊美红润的脸庞说："我很高兴您觉得我是个可以信赖的人，但对于您说的事我感到遗憾。若您不是如此糊涂，您将会感觉到，跟一个坐着独酌的人谈论与您热恋的女孩有多不合适。"

我说这话的时候，他忽然坐了下来，身体向后靠，垂下手臂，然后他支起手肘将手臂收回来，开始十分大声地自言自语："房间里只有我们两个——坐着——

我跟安娜在一起，我吻了她——吻——我吻了——她——的唇，她的耳朵，她的肩膀——"

站在附近的几位男士以为我们在谈什么生动有趣的话题，便打着哈欠走过来。于是我站起来大声说："好，如果您想去，我也去，但是现在去劳伦茨山[1]未免愚蠢，因为天气很冷，还下着小雪，道路滑得像溜冰场一样。不过既然您想去，我就舍命陪君子。"

他先是吃惊地看着我，嘴巴张开，宽厚、红润的嘴唇湿漉漉的。然后他看见围聚到身边的男士们。他笑了，站起来说："哦，当然了，寒冷的天气对身体有益，我们的衣服满是热气与烟味，我没喝太多酒却可能有点儿醉了。好，我们去道个别，然后出发。"

于是我们走向女主人。当他亲吻她的手时，她说："我真高兴看见您今天一脸幸福，不像平常那么严肃无趣。"这些话的善意感动了他，他再度亲吻她的手；她回以微笑。

前厅站着一名女仆，这是我们初次见到她。她帮我们穿上大衣，然后拿着一盏手提灯为我们照亮楼梯。对，女仆很美。她的脖子裸露着，只在下巴下方系着

1　劳伦茨山，即佩特任山，位于布拉格市中心，海拔327米。

一条黑色缎带。她把灯悬在低处，在前方领我们下楼梯时，她衣着宽松的身体弯下腰的姿态很美。因为喝过酒，她的双颊潮红，双唇半启。

来到楼梯下，她把灯放在台阶上，有些踉跄地走向我那位朋友，拥抱他，亲吻他，一搂住就不松开。直到我将一枚硬币放在她手上时，她才睡眼惺忪地放开他，慢慢地打开小小的房门，让我们走进夜色里。一轮硕大的月亮和些许云朵挂在辽阔的天空上，空荡荡的街道被均匀地照亮了。地面上铺着细雪，双脚容易打滑，所以必须小步行走。

一到户外我便兴致高昂。我纵情迈开大步，让关节兴高采烈地咔啦作响。我对着巷子喊出了一个名字，就好似看见一个朋友溜出了巷口一样，我跳起来把帽子掷往高处，然后略带夸张地接住它。

我的朋友却漠不关心地跟在我身旁。他低着头，一语不发。

这让我觉得奇怪，因为我以为离开聚会场合会令他喜出望外，于是我沉默下来。刚刚我还拍了一下他的背鼓舞他，现在我羞愧起来，笨拙地把手抽回。既然这只手闲着多余了，我便把它插进大衣口袋。

我们默默行走。我注意着我们的脚步声，不明白为何我的脚步无法与我朋友的合拍。这让我有点儿恼怒。月光皎洁，使人看东西很清楚，偶尔会见到窗边有人在注视我们。

来到费迪南街的时候，我发现我的朋友哼起了小调，非常小声，但我听得见。我觉得这是对我的侮辱。为什么他不跟我说话？他若是不需要我，为何不能让我静一静？想起那些好吃的甜点我就生气，因为他，我才把它们留在了桌上。我也想起了班尼狄克汀甜酒，心情变得有些欢快，甚至可以说近乎高傲。我双手叉腰，想象自己是一个人在散步。我参加了一场聚会，解救了一个不知感恩的年轻人，使他免于受辱，现在我在月光下散步。这本就是一种极其自然、无拘无束的生活方式。白天工作，晚上聚会，半夜在街巷里散步，万事不逾矩。

不过我的朋友还走在我后头。是的，当他发现自己被抛在后面的时候甚至加快了脚步，好似很自然。我却在思索是否要拐入另一条小巷，因为我本无义务与人一同散步。我可以独自回家，没人可以阻止我。在房间里，我会点燃那盏摆在桌上的有铁制灯座的灯，我会坐在那把被我摆在破掉的东方地毯上的扶手椅里。——只要想到又要回到我的公寓，又得待在彩绘的四壁间，坐在地板上——从挂在后墙的金框镜子里看，地板似乎是斜着的——独处几个小时，我便会感到虚脱。我的双腿累了，我已决定无论如何都要回家，躺到我的床上，却又犹豫着是否该在离开时跟我的朋友道别。但我太胆怯，不敢不打招呼就离开，同时也太软弱，无法大声喊出来，因而我再度停下来，靠在一面被月光照亮的屋墙上等待。

　　我的朋友踏着愉快的脚步到来，兴许也有些担忧。他迈出了一大步，眨着眼，双臂水平举起，戴着黑硬帽的头猛地向我伸过来，似乎用这些来表示，他衷心赞美我为了逗乐他而开的玩笑。"今晚真是有趣！"我已束手无策，轻声地说，同时勉强挤出了一个笑脸。他回答："是啊，您也看见女仆是怎么亲我的了。"我没法说话，因为我哽咽了，所以我试着发出邮车号角般的声音，不让自己保持沉默。他先是捂住耳朵，然后友善地握住我的右手致谢。我的右手摸起来一定很冷，因为他马上就松开了，他说道："您的手非常冷，女仆的唇比较暖和，噢，这是真的。"我理解地点点头。我一边恳求亲爱的上帝赐予我坚定，一边说："是的，您说得对，我们回家吧，天色已晚，明天一早我还得工作。您想想，是可以睡在那里，但这并不妥当。您说得对，我们回家去。"说着，我作势要与他握手，好像事情终于了结了一样。他却微笑着，用我说话的方式继续说："是的，您说得对，这样的夜晚才不要在床上虚度。您倒是想想，在床上独眠，有多少快乐的想法会被闷死在被窝里？有多少不幸的梦会在被窝里取暖？"他对这突如其来的想法感到高兴，于是用力攥住我大衣的前襟——他够不到更高的地方了——欣喜地摇着我。然后他眯起眼睛，亲密地对我说："您知道自己是怎样的人，您真是奇怪。"他又继续向前走，我不自觉地跟了上去，因为脑子里在思索着他的话。

首先我很高兴，因为看来他猜错了我的心思，但由于他对我的猜想，我已经引起了他的注意。这样的关系让我很开心。我很满意自己并没有回家去，而我的朋友对于我来说就变得非常珍贵，因为不用我争取，他就会在人前给我很高的评价！我用亲切的眼神注视着我的朋友，脑海中想着要保护他免遭危险，特别是不让他受到情敌与善妒的男人们的伤害。对于我来说，他的生命比我的还要珍贵。我觉得他的脸庞俊美，他的艳福让我引以为傲，他今晚从两名女子身上得到的吻我也有份。噢，今晚多有趣！明天我的朋友会与安娜小姐聊天；首先自然而然地聊寻常事物，然后他会突然说："昨天夜里我跟一个人在一起，亲爱的安娜，你肯定没有见过他。他看起来——我该怎么形容呢——就像一根摇晃的长竿，稍显笨拙地挑着一个黄皮肤黑头发的脑袋。他的身体被很多块很小但明亮的淡黄色的布覆盖着，因为夜里寂静无风，那些布平整地贴在他身上。他害羞地走在我身旁。我亲爱的安娜，善于亲吻的你，我知道你一定有些想笑，有些担忧，而我，我的灵魂早已被对你的爱融化。我很高兴有他在场。他也许因为不高兴而缄默，然而在他身边我会感受到一股停不下来的幸福的躁动。昨天我屈从于自己的幸福，几乎忘了你。我觉得，繁星密布的天空的坚硬穹顶，仿佛在随着他平坦胸部的起伏而上升。地平线展开了，在燃烧的云朵下，景色宜人，一望无际，此等风光带给了我们无边的幸福。我的天，我多么爱你！安娜，你的吻对于我来说远比景色可爱。别再提他了，让我们彼此相爱吧！"

当我们踩着缓慢的步伐踏上码头时，尽管我嫉妒我的朋友得到了那些吻，但我也欢喜地察觉到，他面对我时内心定是羞愧的，我在他面前也是这副模样。

我是这样想的。但是当时我的思绪纷乱，因为莫尔道河²与对岸的城区笼罩在黑暗中，只有零星灯火在与张望它们的眼睛嬉戏。

我们站在栏杆旁，河上吹来凛冽的风，于是我戴

---

2 莫尔道河，即伏尔塔瓦河，为捷克最长的河流。

上手套，像夜里待在河边的人们那样没来由地叹息，然后想继续走下去。而我的朋友却望着水面一动不动。然后他更靠近栏杆一些，手肘抵住铁栏杆，把额头埋进双手中，模样看起来很愚蠢。我浑身发冷，于是把大衣领子竖了起来。我的朋友先伸展四肢，然后把靠在绷紧双臂上的上半身探到栏杆上。我羞赧地连忙开口说话，好抑制住哈欠："真奇怪，不是吗？只有夜晚能让我们完全潜入回忆。好比我现在就想起了一件事：我曾经在某个晚上，姿势扭扭歪歪地坐在河边的长椅上。手臂平放在木椅背上，头靠在手臂上，我看见对岸如云一般的山丘，听见有人在海滩饭店演奏时发出悦耳的小提琴声。河两岸有列车顶着闪闪发光的烟雾来回滑行。"——我这么说道，并且极力在字词背后编造情节奇特的爱情故事，情节上少不了一些野蛮与暴力的内容。

然而，刚说出头几句话，我的朋友就发现我居然还在这里，我感觉他吃了一惊，继而他冷淡地转向我说道："您看，事情总是这样。我今天走下楼，想着去聚会前先在傍晚散个步，忽然发现我红润的双手在白色袖口中前后摆动，姿态反常地快活，这让我十分惊讶。当时我就想或许有奇遇。事情总是这样。"他说这些话时又在往前走了，似乎只是顺带提起了一点儿日常观察。

我听了十分感动，可是想到自己的高个子也许让他不好受，心里就有些难过，因为他在我身边也许显得过于矮小。这种情况深深地折磨着我，尽管现在是深夜，我们几乎遇不到任何人，我还是弯腰驼背，走路时双手都能碰到膝盖了。为了不让我的朋友察觉到这些刻意的举动，我小心翼翼地慢慢改变姿态，借着谈论射手岛[3]上的树与桥上灯火在河中的倒影来转移他的注意力。可是他突然转过身来面对我，宽宏大量地说："您怎么这样走路呢？您腰弯得这么厉害，都要跟我一样矮小了。"

他这么说也是出于善意，于是我回答："没关系。我觉得这个姿势很舒服。您知道我很虚弱，要挺直身子很难。这不是一件小事；我就是太高了——"

他有些怀疑地说道："这只是心情问题。我相信您之前是抬头挺胸走路的，在聚会中也维持着体态。您甚至跳了舞是不是？没有吗？您之前还昂首阔步，现在肯定也做得到。"

我做了个拒绝的手势，固执地回答："对，我之前

3　射手岛是布拉格市中心伏尔塔瓦河上的一座岛屿。

是昂首阔步。但是您低估我了。我知道何为举止端庄，所以我驼背走路。"

这对于他而言并不容易理解，他被幸福冲昏了头，不明白我说的前因后果，只说了句："那就随您吧。"他抬头看向塔楼上的时钟，指针已快指向一点钟了。

我却对自己说："这个人多没良心！面对我谦虚的话语，他的淡漠是如此明显！他正感到幸福甜蜜，幸福的人都会把他们的遭遇视为理所当然。他们的幸福制造出一个璀璨的因果关系。假使我现在跳进水里，或者在这桥拱下的石子路上、在他面前任由痉挛把我撕裂，我也要平和地接纳他的幸福。是的——幸福的人很危险，这点毫无疑问——若他兴致来了，会像个路上行凶的歹徒般把我打死。这点毋庸置疑。而且我胆小如鼠，肯定会惊恐得不敢呼喊——天哪！"我害怕地环顾四周。远处一家有方形黑色玻璃窗的咖啡店前，一名警察在石子路上巡逻。他的佩剑稍稍妨碍到了他走路，于是他便把佩剑拿在手中，走路姿态就漂亮多了。在一定的距离当中，我还能听见他微弱的欢呼声，这时我便明白，就算我朋友想打死我，这名警察也不会来救我。

不过我现在知道该做什么了，面对可怕事件时，我的决心反而会更加坚定。我得跑开。这简单得很。左转去卡尔桥的时候，我可以往右跑进卡尔街。那是条蜿蜒的巷子，里面有黑暗的房门以及没打烊的酒馆。我没必要绝望。

当我们从码头尽头的桥拱下走出来时，我高举双臂奔进了巷子。当我来到教堂的一扇小门前时，却因为没看见那里有一级台阶而失足跌倒了。我猛然应声倒地。我躺在黑暗中，离下一盏街灯很远。一名胖妇人提着一盏冒烟的小灯从对面一间酒馆走出来，探看外面街上发生了什么事。钢琴演奏停止了，一名男子打开半掩的门，在台阶上大吐一口痰，一边搔弄那胖妇人的双乳，一边说外面发生的事无关紧要。接着他们转身，门又关上了。

我试着爬起来，却又倒下。"地上有薄冰。"我喃喃自语，感觉膝盖在疼。但我很高兴酒馆里的人没有看见我，所以在我看来，最舒服的事情就是在此躺到黎明了。

我的那位朋友大概没有觉察到我的不辞而别，独自往桥那边走了，因为他过了一阵子才来到我这里。他满怀同情地弯下腰，用柔软的手安抚我时，我没有看见他吃惊的神色。他来回抚摩着我的脸颊，然后把两根粗粗的手指搁在我扁平的额头上，说："摔疼了吧？地上有薄冰，可得小心——头疼吗？不疼？噢，是膝盖疼啊。"他用吟唱般的声调说话，仿佛在讲故事，讲述某个遥远的、膝盖被摔疼的可爱故事。他动了动手臂，却没打算拉我起来。我用右手撑住头，手肘抵在一块石砖上，因为生怕会忘记，所以我说得飞快："我其实不知道为什么要往右边走。但在这座教堂的拱门下，我看见一只猫在跑——哦，请原谅，我不知道教堂的名字。那是一只小猫，有浅色的毛。因此我注意到它——哦，不，事情并不是这样的，抱歉，要一整天克制自己真的很费劲。人们睡觉就是为了获得体力以应付这些费劲的事，若是不睡觉，不少徒劳无益的事就会降临，身边的人若是对此大惊小怪，那也不礼貌。"

我的朋友双手插在口袋里，望向空荡荡的桥，然后看向十字军骑士团教堂，最后望向清澈的天空。因为他刚才没在听我说话，所以此时担忧地说："对了，亲爱的，您怎么不说话？您觉得不舒服？——对了，您怎么不站起来呢？——这里明明很冷，您会冻着的，而且，我们不是要去劳伦茨山吗？"

"当然了，"我说，"真抱歉！"我强忍剧痛自己站了起来。我的身体摇摇晃晃，必须盯着卡尔四世的立像才能站稳脚跟。然而月光朦胧，卡尔四世的身影也跟着朦胧。我感到吃惊，若是我的姿态不稳，卡尔四世不就要倒下了吗？我感叹着，双脚也变得更有力气，生怕自己一不留神没站稳，卡尔四世就会倒塌。努力了一阵子后，我觉得使劲也没用，因为就在我突然想到可能有个穿着美丽白衣的女孩爱着我的那一刻，卡尔四世倒下了。

我的所作所为徒劳无功。忽然想起那女孩是多么幸福啊！感谢亲爱的月亮，它的光照着我，我意识到月光普照大地是多么理所当然，出于谦卑，我想让自己站在桥上塔楼的拱顶下。于是，我欢喜地张开双臂，让自己完全沐浴在月光中。这时，我想起了一首诗：

> 我蹦跳着穿过巷弄，
>
> 像一个奔跑的醉汉，
>
> 踏着重步穿行于空气中。

当我用放松的双臂做出游泳姿态，无痛也不费力地前进时，我觉得轻松多了。我的头在凉爽的空气中感觉很好，白衣女孩的爱使我既忧伤又欣喜，因为在我看来，好像我游着泳离开了我的心上人，也离开了她周围如云般的山丘。——我想起自己曾恨过一个幸福的朋友，他现在也许还走在我身边，我很庆幸自己的记性这么好，连这么不重要的事都记得。因为记忆要承载许多事物，于是我知道了所有星星的名字，尽管我从来不曾学过。是的，星星的名字很奇特，很难记，但我对它们了如指掌。我将食指指向天空，一一大声念出它们的名

书名   作者

我的评分   阅读日期
★ ★ ★ ★ ★
最爱金句

我的书评

U N R E A D

一起制作   把「未读」
读书笔记吧!   变成已读

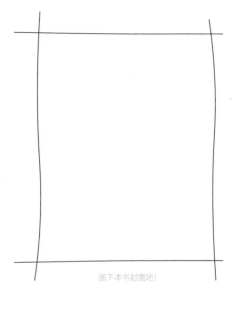

画下本书封面吧！

from  →

使用说明：
沿虚线裁开本卡片，即可获得 1 张读书笔记小卡。
填写并收集本卡片，在小红书发笔记可兑换「未读」
独家文创。卡片数量越多，文创越是重磅。

(注)「未读」，未读之书，未经之旅。一个不甘于平庸、
富有探索与创新精神的综合文化品牌，为读者提
供有趣、实用、涨知识的新鲜阅读。

本活动最终解释归「未读」所有

字。——我没法继续给星星点名，因为，我还得继续往前游，我不想潜得太深。为了不让人们在之后有机会对我说，人人都可以在石子路上游泳，这种事根本不值得一提，我加快速度跃过栏杆，每碰到一尊圣者雕像，都绕着游上一圈。——当我在石子路上维持着优美的击水泳姿，来到第五尊雕像旁边的时候，我的朋友抓住了我的手。我又站在石子路上，感到膝盖一阵疼痛。我忘记了群星的名字，对那可爱的女孩我只记得她身穿白色裙子，但我完全无法想起，究竟是什么原因让我相信这个女孩的爱。所以，我内心升起一股对自己记忆力的强烈怒火，生怕会失去这女孩。于是我焦虑且不停地重复着"白裙子，白裙子"，想至少通过这样一个记号留住这女孩。可是这一点儿帮助也没有。我的朋友说着话，不断逼近我，就在我开始理解他话语的那一刻，一丝白色微光沿着桥畔栏杆灵巧地跳跃着，掠过桥上的塔楼，跃入黑暗的巷子里。

我的朋友指着圣女露德米拉[4]的雕像说："我一直很喜欢左边这位天使的手，她的手极其细致，伸开的手指微微颤抖。不过从今天晚上开始，这双手对我来

4　露德米拉（约860—921），捷克第一位女圣徒。

说不再重要了，我可以这样说，因为我吻过手——"这时他上前拥抱我，亲吻我的衣衫，头顶着我的身体。

我说："是，是，我相信。我不会怀疑。"同时，我用被他松开的手指用力掐他的小腿肚。但是他没有感觉。于是我对自己说："你为什么要跟着这个人？你既不爱他也不恨他，因为他的幸福维系在一个女孩身上，连她是否身穿白裙子都难以确定。因此，这个人对你无关紧要，再说一遍，无关紧要。但他也证明了自己不是个危险分子。那么就继续跟他去劳伦茨山吧，因为你已走入这美好的夜晚，就让他畅所欲言，用你的方式好好享受，这也是——悄声说——保护你自己的最好方法。"

二、消遣作乐或证明生活之不可能

（一）骑马

我以难得的矫健身姿，一个箭步跳上我朋友的肩膀，用拳头捶着他的背让他小跑起来。他还有点儿不情愿地跺起了脚，有时甚至停下来，我就用靴子踢了他肚子好几脚，要他振作起来。一切都很顺利，我们飞快地来到一个巨大且尚未开发完成的地带的中心，这时已是晚上了。

我骑行的乡间道路多石且十分崎岖，然而这正合我意，我让这段路更多石且更崎岖。只要我的朋友步履跟跄，我便揪住他的头发往上拉，只要他发出呻吟，我就敲他的脑袋。行进时，我感觉在晚间骑马让我的心情愉快，有益健康，我想要骑得更奔放狂野，便让狂风一波波地不断朝我们袭来。现在我在我朋友宽大的肩上，还刻意夸张地做出腾跃的马术动作。我的双手紧紧攥住他的脖子，头往后仰得奇高，观察着形形色色的云朵，它们比我更软弱，慢吞吞地随风飞走。我因为自己的胆量而发出颤抖的笑声。我的大衣敞开着，我充满了力量。同时我的双手用力交握在一起，好似我不知道这样会把朋友掐死。

我让路边的树木生长，弯曲的枝丫逐渐遮蔽天空。我骑马奔腾，对着天空喊道："我有别的事要做，没法一直听谈情说爱的空话。这个聒噪的恋爱中人为何要来找我？他们都很幸福，若让别人知道这件事，他们就会更幸福。他们认为，仅仅凭借拥有幸福的一晚，就可以期待未来共度一生了。"

这时我的朋友摔倒了，我为他检查时发现他的膝盖受了重伤。他对我已毫无用处，我把他丢在石头路上，吹起口哨从高空中引来几只秃鹰，它们顺从地落在他身边，用严厉的尖嘴守护着他。

（二）散步

我无忧无虑地继续走下去。由于是步行，我深怕连绵起伏的山路走起来让我感到吃力，于是我让路变得越来越平坦，最后在远方下沉进一座山谷。

石头依我的意念消失，风渐渐止息，隐没在黑夜中。我踏着大步行走，由于是下坡，我仰起头，把身体挺直，手臂交叠放在脑后。因我喜欢杉木林，遂走过杉木林；因我喜欢默默凝望满天繁星，于是星辰如往常一样在浩瀚天际缓缓为我升起。在空中只看见少许长条状的云，被高空的风吹动着。

在我这条路对面很远的地方——也许与我之间相隔着一条河——我让一座高山耸立，让山顶与天空交界处长满灌木丛。我还能清楚地看见最高树枝上的细小枝丫以及它们摇动的姿态。这景象也许再平常不过，我却高兴得像枝头上的小鸟，在遥远蓬乱的树丛上摇晃着，乃至忘了让月亮升起；它早已躺在山后，也许正因为耽误了时间而愠怒。

此刻，冷冷的光在月升之前先在山上铺展开来，霎时，月亮从一片骚动的树丛后方升起，而我却看往另一个方向。当我回过头来望向前方，突然看见它几乎像满月那样大放光芒时，我停下脚步，眼睛里一片朦胧昏暗，因为我走的这条陡峭的坡路正像是通往这骇人的明月。

然而半晌后，我习惯了这月亮，并且审慎地观察着月亮升起的过程是多么艰难；我和月亮彼此相迎着走了好长一段路，直到我终于感到舒适的倦意袭来。我想这是一天的劳顿所致，而劳顿的原因我当然记不得。我闭上眼睛走了一小段路，只能靠有规律地大声拍手保持清醒。

然而，就在脚下的路险些令我滑倒，就在困倦如我的一切都开始消失之际，我连忙爬上道路右边的斜坡，好及时抵达那片迷惑我的高大纷乱的杉木林，我打算在那里睡一宿。加紧赶路是必要的。星光已暗，月亮自天空无力地下沉，仿佛在一片流动的水域中沉下。山已成为夜的领域，道路结束在我转上斜坡的地方，看起来令人不安，从林中传来树木倒下的声音，声响还在不断接近。现在我多希望能马上躺在青苔上入睡，但是我怕蚂蚁，因此我将双腿盘绕在树干上爬上一棵树，即使平静无风，树仍然在摇晃。我躺在一根树枝上，头倚着树干很快睡着了。这时，一只和我心情一样的小松鼠正竖起尾巴坐在摇晃的树枝末梢，身体跟着晃动起来。

河面很宽广，响亮的小水波被阳光照耀着。对岸也有草地，随后是灌木丛，从远处望去能看见灌木丛后面是明亮的果树和林荫大道，通往绿色的山丘。

看到这景致，我高兴地躺下来，为了不听见可怕的哭号，我捂住耳朵，心想，在这里我可以满意了。"因为这里偏僻又美丽，生活在这里不需要很多勇气。纵使也会像在别处一样受苦，却不需要摆出美好端正的姿态。完全没必要。因为这里只有群山与一条大河，我有足够的聪明把它们视为没有生命之物。对，如果我晚上独自跌跌撞撞地走在长满杂草的陡峭小路上，我不会比山更孤寂，只因为我有感觉。但我相信这会随着时间过去的。"

我这样想象着我的未来，并且顽强地试着遗忘，同时眯起眼睛看着印染着非凡幸福色彩的天空。我已经好久没有这样看着天空了，很受触动，想起了几个曾经这样看天空的日子。我放开捂住耳朵的双手，伸开手臂让它们落在草丛里。

我听见有人在远方低声啜泣。起风了，大量枯叶沙沙扬起，我从没见过这么多枯叶。树上未成熟的果实疯狂地砸在地上。难看的乌云从一座山后升起。河浪发出呻吟，不敌风的侵袭而撤退。

我迅速站起。我感到心痛，因为现在我似乎不可能脱离烦忧了。我正想转身离开这个地方，回到我过去的生活方式中去，这时我突然有了个想法："在我们这个时代还用这样困难的方式运送高贵人士过河，真是件怪事！对此，没有其他解释，只能说是一种古老的习俗。"我出于吃惊而摇起头来。

（三）胖子

1.对景色的致词

四名裸身男子猛然从对岸的树丛里走出来，他们肩上扛着一个木头担架，一个肥胖的男人用东方人的坐姿端坐在担架上。尽管他是在没有开出的路上被人抬着穿过树丛，他却不将荆棘推开，反而静静地以不动如山的身体冲破它们。他身上一层层的肥肉摊开得十分经心，盖住了整个担架，甚至像担架两边的黄地毯镶边那样垂挂着，但这对他并不构成困扰。他光秃秃的脑袋很小，泛着黄光，脸上流露着纯真的表情，像一个在沉思的人，且不加以掩饰。有时他会闭上眼睛，再睁开时下巴就会变形。

"风景会干扰我的思考，"他轻声说，"让我的思绪摆荡，像遇上山洪暴发时的吊桥。景色很美，需要好好欣赏。

"我闭上眼睛说：河畔的青山啊，你在水边有滚落的岩石，你真美！

"但青山并不满意，它要我为它睁开眼睛。

"然而当我闭着眼睛说：山啊，我不爱你，因为你让我想起云朵，想起晚霞，想起升高的天空；这些都是令我几近哭泣的事物，因为我坐在一顶小轿子里被人抬着，永远无法接近这些风景。诡诈的山啊，你指着风景给我看，却遮住能使我快乐的远处风光，遮住美丽视野中可以看见的风景。因此我不爱你，傍水之山，不，我不爱你。

"如果我说话时不把眼睛睁开，这些话对于它来说就会跟我从前说过的话一样毫无轻重。它是不会满意的。

"不必等它对我们友善，我们才维护它的挺直，它在情绪不好的时候就偏爱我们的脑浆。它会用锯齿状的影子将我击倒，用惊人的沉默将光秃秃的山壁推到我眼前，而我的轿夫会在路上被小石子绊倒。

"并非只有山虚荣、缠人、爱寻仇，其他一切皆如此。因此就算会痛，我也必须瞪圆了眼睛不断重复：

"是的，山，你很美，我喜欢你西坡的森林。还有你，花，我对你满意，你的玫瑰色让我的心情愉悦。你，草地上的小草，你已又高又壮又清凉。还有你，奇特的灌木丛，你出其不意地刺伤人，使我们的思想跳跃。河水，我多喜欢你，我要让人抬着渡过你那柔顺的水。"

他几度谦卑地挪动身体，在大声朗诵这段赞词十次后，他垂下了头，闭着眼睛说："山啊，花啊，灌木丛、河流啊，现在请你们给我一点儿呼吸的空间吧。"

这时，周围云雾缭绕的群山开始匆匆移位。那些林中大道虽然稳住了，护卫着道路的宽度，却提早变得模糊起来。天上有一朵潮湿的云挂在太阳前面，云朵镶了微微的金边，大地在阴影下深深下沉，同时万物失去了其美丽的轮廓。

直到我在这岸都听得见轿夫的脚步声，但是我也无法在他们阴暗的四方形脸上分辨出细节。我只看见他们的头垂向一边，看见他们的背因为巨大的负重而弯曲。我为他们担心，因为我察觉到他们累了。于是我紧张地看着他们踏上河岸草地，然后以均匀的步伐踏过潮湿的沙滩，最后陷入泥泞的芦苇地，后面的两位轿夫把腰弯得更低，好让轿子保持平衡。我不禁双手紧握。现在他们每踩一步都必须把脚抬高，身上在下午多变的凉风中冒出了晶莹的汗珠。

胖子安详地坐着，双手放在大腿上；长长的芦苇尖在前面的轿夫走过后弹起，擦过他的身体。

越是接近水边，轿夫们的动作就越不协调。轿子偶尔摇晃，仿佛已置身波浪中。他们得跳过芦苇间的小水洼，水洼太深的地方，他们就得绕路走。野鸭忽然惊叫着飞起来，直直地朝雨云攀升。这时，我看见胖子的脸轻微地抽动了一下，他看起来非常不安。我站起来，急忙跳下隔在我与水面之间的石坡地，动作十分笨拙。我没注意到这很危险，心里只想着，要是胖子的仆人们不能再抬他了，我就要帮助他。我不顾一切地奔跑，抵达下面的水边时一时停不下来，只得在四溅的水花中奔跑一段，直到水淹没膝盖才停下来。

对面的仆人们扭曲着身体把轿子抬入水中，他们一只手停在湍急的水面上，另一只手将轿子高高举起，四条毛茸茸的手臂上不同于一般人的肌肉高高隆起。

水先是拍打到下巴，然后升到嘴巴的高度，轿夫们的头往后仰，抬着的轿杆落在肩膀上。他们还未走到河中央，水就已漫过了他们的鼻梁，但他们依然继续努力，没有放弃。这时，一个波浪打上前面两位轿夫的头顶，四个男人就这样无声地被淹没了，轿子也随着他们粗壮的手一起下沉。河水接着翻涌上来。

这时，夕阳浅浅的光线穿透大片云朵的边缘，让地平线上的小丘与群山蒙上美好的色彩，河水与云下地带则留在了模糊的光线里。

胖子缓缓随着水流的方向转动，被冲向下游，像一尊浅色的木刻神像，因成为多余之物而被人丢入河里。他朝着雨云的倒影前进。长形的云拉着他，小朵的卷云推着他，重大的骚动因而产生，这从拍打我的膝盖与河岸石头的河水中可以察觉出来。

我再次飞快地爬上斜坡，好陪着胖子走路，因为我真的喜欢他。也许我能借此得知这貌似安全的地方有什么危险。于是我沿着沙滩地带一直走，那里狭窄得需要适应一番，我把双手插进口袋里，脸转向河的方向，下巴几乎贴在肩膀上。

几只轻巧的燕子立在河岸的石头上。

胖子说："岸边的亲爱的先生，别试图救我啦。这是水与风的报复，现在我输了。对，这是报复，因为我们时常攻击它们——我与我的祈祷者朋友，在刀剑的铿锵声中，在铜钺闪耀的光芒下，在遥远而华丽的长号以及锣鼓跃动的光亮里。"

一只小海鸥展翅飞着越过他的肚子，经过时速度丝毫没有减缓。

胖子继续说……

2. 与祈祷者的对话[5]

我有段时间天天上教堂，因为我爱上的一个女孩晚上会在那里跪祷半个小时，那时我能静静地观察她。

有一回，那女孩没有来，我不情愿地望着祈祷的人们，一名年轻人引起了我的注意，他瘦弱的身躯整个扑在地面上。他时而用全身之力揪住自己的头，在叹息声中将头猛地叩击在平摊在石地板上的手掌里。

教堂里只有几个老妇，裹着头巾的小脑袋时常侧向一边，好去看那位祈祷者。这样引人注目似乎使他快乐，因为在虔敬之情爆发之前，他会先环顾四周，看看观看者多不多。我认为这样不得体，决定在他走出教堂的时候与他攀谈，探问他为何要用这种方式祈祷。是的，我很生气，因为我喜欢的女孩没有来。

他过了一个小时才站起来，小心谨慎地在胸前画了十字，然后踉跄着走向圣水盆。我站在圣水盆与门

---

5 《与祈祷者的对话》经马克斯·布罗德向文学编辑弗朗茨·布莱强烈推荐，发表在1909年出版的德国文学杂志《许培里昂》（Hyperion）上。

之间的路上，若他没有给出一个解释，我就不会放他走。我抿住嘴——每当我决意要讲话之前就会做这个动作——将右腿往前跨一步支撑身体，左腿足尖漫不经心地顶在地上，这样我也能稳稳站立。

这人将圣水洒在自己脸上时可能瞥了我一眼，也许他先前已注意到我而有所提防，因为他令人猝不及防地奔出门去。玻璃门砰的一声关上。我紧随其后踏出门，外面有几条窄巷，车水马龙，因而我再也没看见他。

接下来的几天他没出现，但我心仪的女孩来了。她穿着黑色衣裳，肩上有透明花边，花边下面是新月形袖口，剪裁优美的丝绸衣领自花边的底部边缘垂下。因为女孩来了，我就忘了那个年轻人，就算他以后又按时来，依他的习惯祷告，我也不理会他。他总是把脸别过去，匆匆忙忙地从我身边走过。也许是因为我总以为他在移动，所以即使他站着，我也以为他在蹑手蹑脚地走动。

有一回，我在屋里耽搁了。尽管如此，我还是去了教堂。女孩已经不在了。正打算回家时，我发现那个年轻人又趴在那里。往事遂又浮现，激起了我的好奇心。

我踮起脚尖滑向门口通道，给了坐在那里的盲眼乞丐一枚硬币，然后跟他一起挤在开着的那扇门后面。我在那里坐了一个小时，脸上也许挂着奸诈的表情。我觉得那里很舒适，决定要经常去。到了第二个小时，我觉得为了那位祈祷者而坐在这里很荒唐。然而，到了第三个小时，我越来越气恼，任由蜘蛛在衣服上爬来爬去，此时，最后几个人大声喘着气从黑暗的教堂里走了出来。

他也出来了。他小心翼翼地走着，先以脚尖轻轻触地，然后才踏上去。

我站起来，笔直地向前迈一大步，抓住这个年轻人。"晚上好！"我说，然后一手揪住他的衣领，推着他走下台阶，来到灯火通明的广场。

我们下来后，他用发颤的声音说："晚上好，可敬可爱的先生，请息怒，我是您最忠诚的仆人。"

"好吧，"我说，"先生，我想问您一些问题，上回让您逃开了，今天您休想跑掉。"

"您多有同情心，我的先生，您会让我回家的。我很值得同情，这是实话。"

"不，"我在电车驶过的嘈杂声中大喊道，"我不让您回家。偏偏我喜欢这样的剧情。您是我的幸运猎物，我为自己欢呼庆贺。"

此时他说："噢，老天，您心灵活跃，头脑却硬如石雕。您称我为幸运猎物，想必您非常开心！因为我的不幸摇摆不定，它停在细细的尖端，一碰便会落到提问者的身上。晚安，先生！"

"好。"我说着，紧握他的右手，"如果您不回答我，我就会在这街上呼喊。所有下班的女店员以及所有等待她们的情人都将聚拢过来，因为他们会以为是拉马车的马摔倒了，或者发生了类似的事情。然后我会让众人看到您。"

他哭了起来，轮番亲吻我的双手。"您想知道什么我都会告诉您，可是，拜托，我们最好走到那边的小巷里。"我点点头，然后与他一同走了过去。

这条昏暗巷子里仅有几盏相距很远的昏黄路灯，他不满意，于是领我走到一幢老屋低矮的门廊下，来到挂在木梯前面、滴着煤油的一盏小灯下。

在那里，他煞有介事地掏出他的手帕，把它铺在楼梯上，说："坐下吧，亲爱的先生，这样您更好问；我站着，这样我更好回答。但别折磨我。"

于是，我坐了下来，眯眼仰望着他说："您真是个彻底的精神病患，您就是这样的人！您在教堂里的举止是什么样子！多么可笑，这会让旁观者多不舒服！若人们不得不注视您，又该怎么保持虔诚呢？"

他的身体紧贴着墙，只有脑袋能自由活动。"您别生气——为何您要对跟您无关的事生气呢？若我自己行为笨拙，我会生气；若是他人行为不良，我会感到高兴。所以若是我说，我的人生目标就是被人注视，您也不必生气。"

"您在说什么？"我的喊叫对于这低矮的门廊而言未免太大声，但我害怕让声音减弱，"说真的，您在说什么？对，我早有预感；对，自从初次见到您，我就预感到您的状况。我很有经验，若我说这是一种陆上晕船症，可不是在说笑。此病的病征是，您忘了事物的真实名称，又急于在它们身上冠上偶得之名。只求快，只求快！可是，您才一离开，便又忘了它们的名字。田野中的白杨树，您称为'巴比伦塔'，因为您不知道或不想知道那是一棵白杨树；它要是再次莫名地摇晃起来，您得把它命名为'酒醉的诺亚'。"

"我很高兴自己听不懂您说的话。"听他这么说时，我感到有点儿震惊。

我激动且急促地说："既然您对此感到高兴，表示您听懂了。"

"我当然表现出来了，仁慈的先生，但您的说法也未免太奇怪了。"

我把双手放到上面一级的阶梯上，身体往后靠，以近乎无懈可击的姿势——这是摔跤选手的绝招——

说道："您假设别人也在经历着您所陷入的困境，您自救的方式很有趣。"

接着，他变得大胆起来。他将双手交叠，使身体协调一致，并带着几分勉强说："不，我这么做不是针对谁，譬如也不是针对您，因为我办不到。但若是我办得到，我会很高兴，因为如此一来，我便无须再在教堂里引人注目。您知道为什么我需要引人注目吗？"

这个问题令我难以回答。诚然，我不知道为什么，而我也不想知道。当时我告诉自己，其实我也不想到这里来，但这个人逼我听他说话。所以，我现在只要摇摇头，向他表明我不知道，但我无法让我的头摆动。

站在我面前的人微笑着，然后蹲下身子，用昏昏欲睡的怪相说："我过去从来不曾对自己的人生有过坚定的信念。我仅用一些过时的想法来理解周遭的事物，始终相信这些事物曾经存在过，只是它们如今正在逝去。亲爱的先生，我一直有个自我折磨的兴趣，我想看看事物在我面前展现之前会是什么样子。它们肯定既美丽又安静，一定是这样，因为我时常听见人们这样谈论它们。"

由于我沉默不语，只通过不由自主抽搐的脸来表示我的不快，于是他问道："您不相信人们是这样谈论的吗？"

我认为我必须点头同意，但却做不到。

"真的，您不相信？啊，您听我说！小时候，有次我睡了会儿午觉后睁开眼，还在似醒未醒中，依稀听见母亲在阳台上用自然的声调问下面的人：'我亲爱的，您在做什么呀？天这么热。'有个女人在花园里回答：'我在绿意里喝下午茶。'她们说话未加思索，而且不太清楚，仿佛人人都预料得到。"

我觉得我被问倒了。于是将手伸进后面的裤袋，作势在找东西。但我并没有在找什么，只是想改变一下自己的模样，好显示我在参与谈话。作势找东西时我说，这件事真古怪，令我百思不解。我还补充说我不相信这件事的真实性，它定是为某种我一时看不出的目的而臆造出来的。而后我闭上了眼，因为眼睛很疼。

"噢，您与我的看法相同，这是好事，而您为了告诉我这个而拦下我，这是慷慨无私的。

"只是我为什么要感到羞耻，或者说我们为什么要感到羞耻？难道就因为我走路的时候没有挺直身体，没有用手杖敲打石子路，没有碰触从我身边大声走过的人的衣服？难道我不该理直气壮地抱怨，我是个长着方肩膀的影子，沿着一幢幢房屋蹦跳而过，有时就消失在陈列橱窗的玻璃上？

"我过的是怎样的日子？为什么所有屋子都盖得这么糟，时有高楼无缘无故地倾塌？我爬上瓦砾堆，询问我遇见的每一个人：'怎么可能发生这种事？在我们的城市——这已是今天塌掉的第五栋新房子了——您想想看。'没有人能回答我的问题。

"经常有人倒在巷子里，躺在那里死去。这时，所有商人打开被商品遮住的店门，敏捷地走过去，把死者弄进一幢房子里，然后脸上又堆满笑意走出来说：'您好——今日天色灰白——我有许多头巾可卖——是啊，有战争。'我跳进那幢房子的一间屋里，好几次胆怯地举起弯曲的手指，最后终于敲了敲管理员的小窗。'亲爱的先生，'我用友善的口气说，'有个死掉的人被送到您这里。请您让我看看他，我求您。'他摇着头，仿佛无法做决定。于是我坚定地说：'亲爱的先生。我是秘密警察。请您立即让我看看死者。''死者？'他问话的态度像是被冒犯了，'没有，我们这里没有死者。这是幢正派的房子。'我向他致意，然后离开。

"然而，当我穿过一个大广场时，先前的一切，我就全忘了。穿过广场让我感觉很是吃力，我感到困惑不解，我也时常想：'若只是出于狂妄而修建这么大的广场，为什么不修建一道贯穿整个广场的石栏杆呢？今天吹西南风，广场上的风很强劲，市政厅塔楼的尖顶被风吹得打转。为什么不让人群安静些呢？真是吵死了！所有窗户的玻璃喧哗着，所有灯柱摇曳如竹。圆柱上圣母玛利亚的斗篷卷在一起，被狂风撕扯着。没有人看见吗？本该走在石子路上的男士与女士像飘在空中一样。每当风平息下来，他们便停步相互交谈几句，礼貌地鞠躬致意，然而，当风又猛烈吹起时，他们便抵挡不住，双脚同时离地。虽然他们不得不攥紧帽子，但眼睛里却闪烁着欢快的光芒，仿佛只是一阵微风拂过。唯有我在害怕。'"

我感觉像是受到了虐待，便说："您先前说的有关您母亲与花园里的女士的故事，我觉得一点也不奇特。因为我不仅仅听过并且经历过许多这样的故事，甚至还参与过一些这样的事。这种事情非常自然。您认为，若是换作我，在阳台上就不会说出一样的话，从花园里不会得到一样的回答吗？这事件多稀松平常。"

听了我说的这些话，他显得非常高兴。他说我打扮得漂亮，很喜欢我的领带，还说我的皮肤很细腻。他还说，供认的事被撤回时，才最清楚明了。

3.祈祷者的故事

然后，他坐到我身旁。我害羞起来，于是把头倾向一边，让出一些位子给他。尽管如此，我仍然察觉到他坐在那里有点儿尴尬。他始终跟我保持一小段距离，并且费力地说：

"我过的是什么日子啊！"

昨晚我参加了一场聚会。我在煤油灯下对一位小姐鞠躬致意说："我真的很高兴，冬天临近了。"就在我弯着腰说这些话的时候，我厌恶地发现自己的右大腿从关节处脱臼了，连膝盖骨都有些松了。

于是我坐下来说话，因为我在说话时总是试图说出梗概："因为在冬天无须太费力，行为举止可以更轻松，说话也无须严肃。亲爱的小姐，不是吗？希望我说得有道理。"就在我说这些话的时候，右腿把我搞得火冒三丈。因为它起先像是要解体，经过我逐步按压与巧妙地挪移，才差不多让它恢复正常。

女孩出于同情也坐了下来，这时我听见她轻声说："不，您一点儿也不令我钦佩，因为——"

"请等等。"我心满意足且充满期待地说，"亲爱的小姐，您应该省下跟我说话的五分钟。我请求您在说话的空当吃些东西。"

我伸出手，从铜雕天使小童手中捧的碗中拿起一串肥硕的葡萄，手在半空停了一下，然后把葡萄放进了一个镶蓝边的小盘子里，也许用了个优雅讲究的姿势把盘子递给这女孩。

"您一点儿也不令我钦佩，"她说，"您说的一切都很无聊，让人难以理解，因此也不会是真的。我认为，先生——您为什么总是叫我亲爱的小姐——我认为，您之所以不说实话，是因为真相太让人难以承受。"

老天，这时我的兴致来了！"是的，小姐，小姐，"我几乎是喊着说，"您说得很有道理！亲爱的小姐，您可明白，在无意之间就被人说中了，这真是令人喜出望外！"

"真相对于您而言自是太难承受，先生，您看看自己的模样！您整个身形就像从棉纸上剪下来的，薄薄的黄色棉纸，像个剪影般，您行走的时候，人们听得到您起皱的声音。所以，被您的态度或意见激怒也是没道理的，因为房里一吹起穿堂风，您就得弯腰。"

"我不明白。一些人站在房间里。手臂靠在椅背上或倚在钢琴上，或犹豫地举杯凑到嘴边，或畏怯地走进隔壁房间，在一片漆黑中撞上一只箱子，把右肩撞伤了，之后便在打开的窗边透气，心里想：那里是金星，夜晚最明亮的星。我却身处这场聚会里。中间有何关联我不甚明白，但我连这中间是否有关联都不知道。您看，亲爱的小姐，这些人因为弄不清楚状况而犹豫不决，举止可笑，看来只有我才配得上这些人的清楚议论。为了让气氛轻松，他们言语讽刺，甚至明显留了几手，就像让一幢内部被烧毁的房子还残留下它重要的墙。此刻的视野一览无余，白天可以透过大大的窗户看天上的云，晚上可以看星星。然而，云朵时常从苍白的星星身边逃离，星星组成不自然的图像。若是让我出于感谢向您吐露，所有想要活着的人，有朝一日看起来都会像我一样，那会是怎样的光景？如您所说，像从黄色棉纸上剪下来的，像个剪影般，行走时人们会听见起皱的声音。他们不会跟现在有任何不同，但他们的外表会变成这样。就连您，亲爱的——"

这时，我发现那个女孩已经没有坐在我身旁了。她一定是说完最后几句话后就离开了，因为她现在站在离我很遥远的窗边，身边围绕着三个年轻人，他们身上的白衣领十分直挺，正谈笑风生。

我高兴地饮下一杯酒，走到钢琴师那里，他独自一人，正低着头弹奏一首悲伤的曲子。为了不吓着他，我小心翼翼地弯下身体靠近他的耳畔，伴着曲子的旋律轻声说：

"可敬的先生，请您成全，让我弹奏一曲，因为我想尽兴一回。"

由于他没有听见我说话，我尴尬地在那里站了一会儿，然后压抑住我的羞怯，从一个又一个的宾客身边走过去，顺道对他们说："是的，今天我要弹钢琴。"

他们似乎都知道我不会弹钢琴，但因为我愉快地打断了他们的谈话，他们也回以友善的笑容。直到我大声对钢琴师说话，他们才全神贯注起来。我说："可敬的先生，请成全我，让我弹奏一曲，因为我想尽兴一回。这事关一场胜利。"

钢琴师虽然停了下来，却没有离开棕色的琴椅，貌似也没听懂我在说什么。他叹了口气，用长长的手指捂住自己的脸。

我有些同情他，想鼓励他继续弹奏，这时一群人随着女主人走了过来。

"好一个奇怪的想法！"他们说道，并且大声笑着，仿佛我有意要做什么反常的事。

那个女孩也来了，用蔑视的眼神看着我说："可敬的夫人，请您让他弹奏吧。也许他想娱乐大家。这事值得赞许，可敬的夫人，我请求您。"

大家开心地大笑，显然，他们跟我一样，认为那些是讽刺的话。只有钢琴师沉默不语。他垂着头，左手食指像在沙里作画一样抚摩着木头琴椅。我的双手颤抖，为了掩饰自己的紧张，我把它们塞进了裤袋。我也开始口齿不清，因为整张脸看起来只想哭。所以我得字斟句酌，让听者觉得"我想哭"的想法很好笑。

"可敬的夫人，"我说，"我现在必须弹奏，因为——"我把要说的理由忘了，索性出其不意地在钢琴前坐下。这时我再度明白了自己的处境。钢琴师站起来，小心翼翼地跨过琴椅，因为我挡住了他的去路。"请把灯熄了吧，我只能在黑暗中弹奏。"我正襟危坐起来。

　　这时，两个先生抓起琴椅，他们一边吹口哨一边微微摇动我，把我抬到离钢琴很远的餐桌那里。

　　所有人看起来都很赞同。那位小姐说："您看，尊敬的夫人，他弹奏得多好。我早就知道了。您却害怕成这样。"

　　我领会了，于是好好地鞠了一个躬表示感谢。

　　有人倒给我一杯柠檬汽水，在我喝的时候，一个红嘴唇的小姐为我扶着杯子。女主人端给我一个银盘，上面摆着蛋白糖霜饼干，穿白裙装的女孩将饼干塞进我嘴里。一位满头金发的丰腴小姐拿着一串葡萄来到我面前，我只需将它摘下，她则望着我那躲躲闪闪的眼神。

　　大家待我这么好，使我不免对他们后来的态度感到惊讶：我想回去弹琴的时候，他们都不约而同地阻拦我。

　　男主人说："已经够了。"直到现在我才注意到他。

他先走了出去，很快又回来，回来时拿着一顶巨大的圆顶礼帽以及一件有花朵图案的铜褐色大衣。"这是您的东西。"

那并不是我的东西，但我也不想麻烦他再确认一次。男主人亲自为我穿上大衣。大衣非常合身，紧紧地贴住我瘦小的身躯。一位面容友善的女士来为我扣纽扣，她渐渐弯下身体，从上往下扣好大衣纽扣。

"那么，请您保重，"女主人说，"希望您再来。您知道的，我们都很喜欢您。"这时所有宾客一起鞠躬，好像这有多么必要。我试着回礼，但是大衣紧贴在身上，让我无法弯下腰。于是我拿起帽子，笨手笨脚地步出大门。

当我小步走到屋门外时，向我迎面袭来的，是有星有月的巨大苍穹，以及坐拥市政厅、玛利亚柱与教堂的环形广场。[6]

我静静地从暗影中走到月光下，解开大衣，搓暖自己的身体，然后举起双手，借此让夜的呼啸沉默下来，开始思索：

6　从本段起到本小节结束，即从"当我小步走到屋门外时"到"我把手臂伸给他，好让他挽着"，这些文字经马克斯·布罗德向文学编辑弗朗茨·布莱强烈推荐，发表在1909年出版的德国文学杂志《许培里昂》（Hyperion）上，题为《与醉汉的对话》。

"你们装得跟真的一样，这是怎么回事？你们是要让我相信，我莫名其妙地站在绿色石子路上，不是真实的？然而，天空啊，你是真实的，这已经是好久以前的事了；环形广场啊，你却从未真实过。

"这是真的，你们总比我优越，但也只有在我不打扰你们的时候。

"谢天谢地，月亮，你不再是月亮，但也许这是我的疏忽，一直把你这个叫'月亮'的东西称作月亮。当我称你为'被遗忘的色彩奇异的纸灯笼'时，为什么你不再那么自负狂妄了？当我称你为'玛利亚柱'时，为什么你差点儿躲起来？当我称你为'投射黄光的月亮'时，却再也看不出你恫吓的态度。

"看来这是真的，若有人对着你们思考，这对你们并没有什么好处，你们失却了勇气与健康。

"老天，如果思考者能学学醉汉，那该有多好！

"为何会变得万籁俱寂？我想是风停了。那些时常像安了小轮子一样滑过广场的小房子，现在被牢牢地压在地上——静止不动——静止不动——人们根本看不见平日将它们与地面隔开的那条黑色细线。"

我开始奔跑。我毫无障碍地绕着这个巨大的广场跑了三圈，由于没有遇到醉汉，我没有减速、毫不费力地朝着卡尔街奔去。我的影子时常显得比我小，在墙上与我并排奔跑，就像在街道的地面与墙壁之间的狭路上。

经过消防队的房子时，我听见了从小环形道那边传来的嘈杂声，我拐了进去，看见一名醉汉站在井栅栏旁，双臂水平伸开，穿着木拖鞋的双脚用力地跺着地。

我先是站住，让呼吸平稳下来，然后走向他，摘下头上的大礼帽，自我介绍道：

"晚上好，柔弱的贵人，我今年二十三岁，但还没有名字。然而您肯定来自巴黎这座大城市，并有着惊人动听的名字。您的身上散发着法兰西失落宫廷那很不自然的气味。

"您这双眼睛染了色，肯定是见过了高贵的女士，她们已然站在又高又亮的露台上，扭动着纤细的腰肢，嘲弄地转过身去，艳丽的裙摆铺散在台阶上，尾端则落在花园的沙土上。——可不是，长杆随处可见，仆从们身穿剪裁怪异的灰色大礼服与白色西装裤，他们的腿攀在长杆上，上半身时常向后仰或者弯向一旁，他们必须用粗绳将一块块巨大的灰色幕布从地上拉起，并在高处拉紧，因为一位高贵的女士希望有个如雾的早晨。"此时他打了个嗝，我差点被吓到："真的，这是真的吗？先生您来自我们巴黎，来自狂风暴雨的巴黎，啊，来自那使人心醉狂喜的冰雹天气？"当他再次打嗝时，我难为情地说道，"我知道，这是我莫大的荣幸。"

我迅速地用手指扣紧大衣，然后热情而羞怯地说："我知道，您认为我的问题不值得回答，可是若我今天没有问您，那么我将会过着哀泣的生活。

"我请求您，衣饰华美的先生，告诉我，人们跟我讲述的这些是真的吗？在巴黎，是否有些人身穿靡衣，有些房屋仅有巨门，夏日掠过城市的天空是蓝色的，只点缀着心形的白色小云朵——这是真的吗？那里是否有座门庭若市的珍奇物品陈列馆，馆内仅有挂着小牌子的树木，上面写着最著名的英雄、罪犯与情人的姓名？"

"还有这样的消息！这显然是骗人的消息！"

"可不是，这些巴黎的街道突然分岔。街上一点儿也不安宁，不是吗？并非一切始终井然有序，怎么能这样呢！有一回发生了事故，人们三五成群，从邻街走来，踩着大城市人特有的轻盈步履，与地面少有碰触。所有人尽管好奇，却也唯恐失望，他们气息短促，小小的脑袋往前伸出去。若有不慎，小小的头相互碰着了，他们便会深深鞠躬，请求原谅：'真对不起——我不是故意的——人群太拥挤，请您原谅——

我承认是我过于笨拙。我的名字是——我的名字是杰洛姆·法罗什，我是卡柏汀街上的香料小贩——请允许我邀请您明日来用午餐——我妻子也将非常高兴。'他们这样说着，街上的喧哗声震耳欲聋，袅袅炊烟自烟囱冒出，弥漫在房屋之间。事情就是这样。也有可能是这样——两辆马车停在雅致地段的某条繁华大街，仆人毕恭毕敬地打开车门，八条名贵的西伯利亚狼犬蹦蹦跳跳地下了车，吠着跳着奔过了车行道。当时有人说，那是乔装打扮过的巴黎时髦青年。"

他紧闭着双眼。当我沉默时，他将双手伸进嘴里，撕扯着下颌。他的衣衫上尽是脏污，也许有人将他从小酒馆中撵了出来，而他还对此浑然不觉。

也许是在日夜交替时短暂而宁静的间歇，我们不经意间垂下头，万物也在这不经意间静止不动，进而消失无踪。我们弓着身体独自待着，而后环顾张望，却什么也看不见，连风的阻力也感受不到，然而内心深处仍然记得离我们不远的地方有一幢幢房屋，它们有屋顶，所幸还有棱角分明的烟囱，黑夜穿过烟囱流进房屋，经阁楼流到不同的房间。在不可思议的明天，可以将万物尽收眼底，这是多么幸运的事啊！

这时，醉汉挑了挑眉，于是他眉眼之间闪烁着光。他断断续续地解释："是这样——我很困，所以我要去睡了——是这样，我有个内弟在温瑟拉斯广场——我去那里，因为我住在那里，因为那里有我的床——我现在要走了——是这样，我只是不知道他叫什么、住在哪儿——我好像忘了——但没有关系，因为我甚至不知道自己究竟有没有内弟——是这样，我现在要走了——您觉得我会找到他吗？"

对此，我不假思索地说："当然会了。但是您从外地来，您的仆人凑巧又不在身边。请允许我送您一程吧。"

他没有回答。我把手臂伸给他，好让他挽着。

4.胖子与祈祷者后续的谈话

我有好一段时间试着鼓舞自己。我按摩着身体，对自己说：

"该轮到你说话了。你已经很狼狈了。你感到窘迫吗？耐心等待！你明知这样的处境。耐心考虑！环境也会等待的。

"就好比上周的聚会。有人朗读一份抄本的内容。我应他的要求亲手抄了一页下来。当我看到他抄写的那几页文章的字迹时，我非常惊讶。真没道理。为此人们从桌子另外三面弯下腰来看。我哭着发誓，那不是我的笔迹。

"那为什么跟今天的事情很像呢？谈话限制是由你而起的。一切都很平和。我亲爱的，加把劲！——你会发现有人提出异议——你可以说：'我很困。我头疼。告辞了。'快点，快点。让别人注意到自己！——这是什么？又是无尽的阻碍？你想起了什么？——我想起一座高原，它成为大地之盾耸入天空。我在一座山上看见它，正准备越过这座高原。我开始唱歌。"

我开口说话时，嘴唇干燥且不听使唤：

"难道没有别的办法生活吗？"

"没有。"他带着疑惑回答，微笑着。

"但您为何晚上在教堂里祈祷？"我接着问，这时，我像在睡梦中一样，撑托着我与他之间的一切全然崩塌。

"不，我们为何要谈这些？独自生活的人在晚上不承担责任。人们害怕某些事，害怕肉体会消失，害怕人类真的一如在黄昏时看起来的模样，害怕没拐杖就不能走路，害怕上教堂呼喊着祷告，只为了被看见并感觉身体的存在是件好事。"

他说了这些话，然后沉默下来。我从口袋里抽出红手帕，弯着腰哭起来。

他站起来吻了我，并且说：

"您为什么哭？我喜欢您的高大。您的双手很长，它们随着您的意志行动。您为何不开心？我建议您一直穿深色袖边——不——我奉承您，您却还在哭？这种生命困境您倒是扛得相当冷静。

"我们打造出根本不能用的战争机器、高塔、围墙、丝绸帷幕，如果有时间，我们会对这些发出更多的赞叹。我们会悬浮，不会坠落，我们振翅飞翔，就算我们比蝙蝠还丑。没有一个人可以在某个美好的日子阻止我们说：'啊，天啊，今天多美好！'因为我们已被安置在我们的地球上，仰赖我们的共同看法而生活。

"我们这样好比雪里的树干，看起来只是平放着，只消人轻轻一踢就能移开。但不是的，人们办不到，因为它们是与大地紧紧相连的。看啊，甚至这也只是表象。"[7]

思索让我忘了哭泣："夜深了，明天没有人会责备我现在要说的话，因为这可能是梦话。"

然后我说："对，就是这样，但我们在说些什么呢？我们站在门廊深处，又不能谈论天空的光。不，其实可以谈，因为我们在交谈中并非完全独立，我们

---

7 本段被收录进卡夫卡的短篇作品集《沉思》，题为《树》。两处德语原文略有不同。

既不想了解目的，也不想知道真相，只想开玩笑跟消遣。您能不能再跟我讲一遍花园女人的故事？这女人多么聪明，多么值得惊叹！我们得多向她学习。我多喜欢她！而我能够遇到您、拦住您，也是一件好事。同您说话为我带来了无穷的乐趣。我从您身上听到了许多从前故意不去了解的事情——我很高兴。"

他看来很满足。尽管碰触他人肢体会令我感到尴尬，但我还是拥抱了他。

随后我们步出门廊，来到天空下。我的朋友吹走了几朵零散的云，好让绵延不绝的星星帷幕呈现在我们眼前。我的朋友很吃力地走着。

（四）胖子的末日

一切都被快速地卷到远方。河水被往下引向一处峭壁，水势有意克制，在碎裂山崖边犹疑不决，但最后仍化成团团水雾落了下去。

胖子无法继续说话，他不得不转身，然后消失在水势强劲的瀑布中。

听了这么多有趣故事的我站在河岸上看着。"我们的肺该做些什么？"我喊着，喊着，"呼吸得快，内在的毒会让你窒息；呼吸缓慢，不适于呼吸的空气、令人气愤的东西会让你窒息。当肺想要找到呼吸的速度时，在寻找过程中它们就会死掉。"

此时，河岸无限延伸着，我却能用手掌碰到远处那小小的铁制路牌。我不明白这是怎么一回事。我明明长得矮小，比一般人还矮，连一丛迎风乱摇的白色野玫瑰灌木都比我高。我看见了那丛灌木，因为我前一刻还在它旁边。

尽管如此，我还是感到错乱，因为我的手臂好大，好似连绵阴雨时空中的云，只是它们的动作更急促。不知道为什么，我的手臂想要把我可怜的头压碎。

我的头明明很小，小得跟蚂蚁卵一样，但它有些损伤，所以不那么浑圆。我让自己转头，做出请求的姿态，可因为我的眼睛很小，根本无人能察觉我的眼神。

但是我的腿，我那惊人的双腿，竟跨在树木茂密的山上。乡村山谷蒙上了阴影。它们在长大，长大！它们耸立在四周不见景致的空间里，高度已经远远超出我的视力范围。

噢不，不是这样的——我长得矮小，至少目前很矮小——我滚动着，滚动着——我是高山中的雪崩！拜托，经过的人们，请你们行行好，告诉我，我有多高大，请帮我量量我的胳膊、我的腿。

三

"这到底是怎么回事？"我的朋友说，他跟我一起从聚会上离开，在前往劳伦茨山的路上安静地走在我身旁，"您停下来歇会儿，好让我搞清楚状况。——您知道，我还有件事情要去处理。这实在很累——在这又冷又明亮的夜，但这恼人的风，有时甚至改变了那些金合欢树的位置。"

园丁小屋的月影投在微微凸起的小路上，影子里有些许雪花点缀。一看见门边的长椅，我便向它举起手指，但是我没有勇气，又害怕被责难，因此把左手放在胸前。

他厌烦地坐下，丝毫不顾身上的华服，他的手肘压住髋部，额头放在弯曲的指尖上，这举止令我十分惊讶。

"对，现在我正想说这些。您知道，我过得很规矩，没什么可指摘的，一切必要且被称道的事我都会去做。与我在聚会中来往的人早已习惯冷嘲热讽，我自然未能幸免，事情一如周遭人对我的预期，但是心中这普通的幸福无法抑制不流露，我可以在自己的小圈子里谈论。好，我从来没有真正恋爱过。有时我会感到遗憾，却在必要时使用恋爱中人的说话方式。现在我要说：是的，我恋爱了，因为坠入爱河而兴奋不已。我一如女孩们的期望，是个热情如火的情人。但我是否该想想，或许正是这些早先的缺点让我的人际关系产生了与众不同且格外有趣的转向？"

"安静，安静下来。"我心中只想着自己，毫不关心地说，"您的爱人很美，我听说了。"

"是的，她很美。当我坐在她身旁，我总想着：'这真是冒险——而我真有胆量——我要好好享受一趟航行——喝几加仑酒。'但她笑的时候不像一般人那样会露出牙齿，只能看见她嘴巴微微张开时唇间狭长、弯曲的阴影。当她笑得头往后仰时，看起来有些狡猾和老态。"

"这点我没法否认，"我叹息着说，"也许我也看见了，因为她肯定很显眼。但事情不止如此，根本就是女孩爱美！每当看见满是褶皱、流苏及垂饰的衣服包裹着美丽的身躯十分赏心悦目时，我就想，这些衣服不会一直这么好看下去，它们会起皱，褶皱会再也无法抚平，它们会沾上厚厚的灰尘，再也无法清洗干净，而且没有人愿意每天从早到晚都穿着同一件华服，让自己显得可怜又可笑。然而，我还是看见身形美丽的女孩，肌骨诱人，骨架娇小，皮肤紧致，秀发柔细，却成天穿着那套华服出现，总是用同一双手捧着同一张脸，看着镜中身着华服的自己。偶尔在晚上，她们自宴会上迟归时，镜中的衣服才显得破旧、臃肿，满是灰尘。只有这时，她们才想，它们已经被众人见过了，也就不大可能再穿了。"[8]

"但我在途中好几次问您是否觉得那女孩美丽时，您都别过头去不回答。告诉我，您是不是心中有鬼？您为什么不安慰我？"

我让双脚钻进阴影里，亲切地说："您无须安慰，大家都喜欢您呀。"说这话时，我拿出印有蓝色葡萄图案的手帕遮住嘴巴，以免感冒。

现在他转向我，将他胖胖的脸侧着靠在长椅矮矮的椅背上："您知道吗？基本上我还有时间，我可以让这场刚刚开始的恋情马上结束，利用卑鄙的行为或者

8　"每当看见满是褶皱……也就不大可能再穿了。"被收录进卡夫卡短篇作品集《沉思》，题为《衣服》。

不忠，或者启程前往遥远的国家。可是我真的非常怀疑，是否该趁着一时冲动做出这样的事来。一切都不确定，没有人可以指出明确的方向与时间。我若有意上酒馆买醉，那么我知道我在这个晚上会把自己灌醉，这是我的情况！一周后我们要跟朋友一家人出游，我的心不会连续狂风暴雨十四天的。今晚的吻让我想睡，让狂野的梦进来占据位置。我要抵抗睡意，所以在晚上出来散步，于是发生了如下的事——我不停地走动，我的脸像迎着风那样忽冷忽热，手一直抚摩着口袋里的粉红色缎带。我对自己忧心忡忡却又不知所以，甚至要忍受先生您，平常我一定不会跟您聊这么久的。"

我感觉浑身发冷，天空已开始泛出鱼肚白。"卑鄙的行为帮不上忙，不要不忠，也不要去遥远的国家。您必须杀了自己。"我微笑着说。

我们对面林荫道的另一边有两个灌木丛，灌木丛背后的下方是城市。城里仍有零星灯火。

"好。"他一边喊，一边用他的小拳头敲打椅子，不过马上又停了下来，"您还活着，您不自杀。没有人喜欢您，您什么也得不到。您连下一刻都无法控制。您对我说这种话，您这卑鄙的人！您不能爱，唯有恐惧能让您激动。您好好看看我的胸膛。"

他快速解开他的大衣、背心与衬衫，他的胸膛的确宽阔。

我开始讲述:"是的,我们偶尔会遇上这种棘手的状况,就像我今年夏天在河边的一座村庄遇到的情形。我记得很清楚。我经常斜坐在河岸的一张长椅上。那边还有一间海滩饭店,常常传来小提琴演奏的声音。年轻力壮的人们坐在花园的桌边喝啤酒谈天,谈论打猎与冒险。河对岸是云雾缭绕的群山。"

我无精打采地撇着嘴站起来,往椅子后的草地走去,还弄断了一些覆着雪的小树枝,然后我在朋友的耳畔说:"老实说,我订婚了。"

我的朋友并不惊讶,我站了起来,他淡淡地说:"您订婚了?"他坐在那里,看上去真的非常虚弱,全身只靠椅背支撑。然后他摘下帽子,我看见了他的头发,梳得齐整,顺着圆圆的头往下一直到颈部,形成一条尖尖的圆弧线,正是今年冬季流行的发型,闻起来也很芬芳。

我很高兴我那么机智地回答了他的问题。我对自己说:"是啊,看他在社交场合中脖子灵活、手臂自如的模样。他能用他那三寸不烂之舌带一名女士走过大厅,要是家门口下起了雨,或者有个害羞的人站在那里,或者发生了什么悲惨的事,他一样能临危不乱。不,他对女士鞠的躬都一样漂亮。但是他现在坐在这里。"

我的朋友用一块亚麻手帕擦抹额头。他说:"我请
求您,把手放在我的额头上。我求您。"见我没有照
做,他双手合拢请求我。

仿佛我们的忧虑将一切变暗了,我们坐在山上,
像坐在一个小房间里,尽管我们已察觉到清晨最初的
光与风。我们紧挨在一起,虽然我们不喜欢彼此,但
又不能相距太远,因为墙壁严密又坚固。但我们的行
为可以可笑而且毫无尊严,面对头上的树枝与前面的
树木,我们无须感到羞耻。

这时,我的朋友驾轻就熟地从口袋里抽出一把刀,
若有所思地拔刀出鞘,像玩闹一样把刀子刺进自己的
左上臂,但并没有把它拔出来。鲜血立刻涌了出来。
他圆润的双颊变得惨白。我拔出刀,割开冬大衣与燕
尾服的袖子,撕开衬衫的袖子。接着,我向前和向后
各奔跑了一段路,探看有没有人可以帮我。所有树枝
几乎显得刺眼,纹丝不动。之后我吸吮了一下那深深
的伤口。这时我想起了园丁小屋。我奔上通往屋子左
边高起的草地的台阶。我急匆匆地检查了门窗,愤怒
地跺着脚按铃,尽管我马上发现这间屋子没有人住。
接着我检查血流如注的伤口。我用雪弄湿他的手帕,
笨拙地包扎他的手臂。

“亲爱的，亲爱的，”我说，“您因为我受伤了。您的周遭多么美，被友善的人包围，当白天许多人穿着讲究或近或远地围坐在桌边，或出现在山丘的小路上时，您就可以去散步。您只要想着，到了春天，我们会一起去园子里，不，不是我们，真是可惜，但您会带着安娜快乐地骑马同去。噢，是的，相信我，我求您，太阳会让你们所有人看见最美的事物。噢，有音乐，远处有马蹄声，不必担心了，大街上有喊叫声和手风琴的演奏声。”

“啊，老天！”他说着站起来，靠在我身上，我们一起走着，“这没用的，我高兴不起来。请原谅我。现在很晚了吧？也许我明天一早该做点儿什么。噢，天啊！”

靠近墙的上方有一盏街灯亮着，把树干的影子投在路面与雪地上，千形万状的树枝那弯曲的影子仿佛碎了一般落在山坡上。

B 稿　Fassung B

一

约莫十二点，有些人已经起身，鞠躬握手，说这次聚会真是愉快，然后穿过偌大的门框，到前厅穿上大衣。女主人站在房间中央不住地鞠躬，裙子摇晃出一道道皱褶。

我坐在一张由三条可伸缩细腿支撑的小桌前，正啜饮第二杯班尼狄克汀甜酒，同时望着我先前备好的小饼干。我亲自将它们挑选出来并摆放整齐。

我看见我新认识的朋友了，他有点衣冠不整，头发散乱，出现在隔壁房间的门柱旁，但我不想看他，因为这与我无关。他却走上前来，也不管我在忙什么，就微笑着说："原谅我来找您。但我一直到刚才都和我的女孩待在隔壁房间。从十点半开始。天哪，这晚上多美好！我知道跟您说这些不恰当，因为我们彼此并不熟识。不是吗？晚上我们在楼梯上遇到过，因为同样是住客，所以就聊了几句。现在，请您务必原谅我，我求您，我无法再掩藏我的幸福，我没有办法控制自己。况且我在这里也没有可以信赖的朋友——"

我难过地注视着他——因为我口中有块水果蛋糕，味道不太好——然后对着他那俊美红润的脸说：

"我很高兴我看起来让您觉得可以信赖，但我不满意您对我倾吐心事。若您不是这么糊涂，您一定会感觉到，跟一个坐着独酌的人谈论一个恋爱中的女孩有多不恰当。"

我说完这番话，他忽然坐了下来，身体向后一靠，两只手臂垂了下来。然后他支起手肘将手臂收回来，开始很大声地自言自语："没多久之前，安娜与我单独在房间里。而我吻了她——吻——我吻了——她的唇，她的耳朵，她的肩膀。我的天啊！"

有几位客人以为我们在谈什么生动有趣的话题，打着哈欠向我们靠过来。于是我站起来，用大家都可以听见的音量说："好，如果您想，那么我就一起去，但我认为在像此刻这样的冬夜去劳伦茨山未免有些胡闹。此外，天气变冷了，还下了雪，外面的路滑得像滑雪道一样。但假如您想的话——"

他先是吃惊地看着我，张开他湿润的嘴唇。但当他看见围聚到他身边的男士们时，他笑了，站起来说："哦，当然了，冷天气对身体有益；我们的衣服满是热气与烟味；我没喝太多酒，但可能也有点儿醉了。好，我们去道个别，然后出发。"

于是我们走向女主人。当他亲吻她的手时，她说："我很高兴看见您今天一脸幸福的模样。"话语中包含的善意感动了他，于是他再度亲吻她的手。她笑了。我不得不把他拉走。

前厅站着一名女仆，这是我们初次相见。她帮我们穿上大衣，然后拿一盏手提灯为我们照亮楼梯。她的脖子裸露着，只在下颌下方系着一条黑色缎带。她把灯悬在低处，在前方领我们下楼梯时，衣着宽松的身体不时地弯下，又不时地伸展挺直。因为喝过酒，她的双颊潮红，双唇在充溢着楼梯间的微弱灯光中颤抖。

来到楼梯下，她把灯放在一级台阶上，向前走了一步来到我朋友前面，拥抱他，亲吻他，一搂住就不松开。直到我将一枚硬币放在她手上，她才睡眼惺忪地放开他，慢慢打开小小的房门，让我们走进夜色里。

一轮硕大的明月和些许云朵挂在辽阔的天空上，均匀地照亮了空荡荡的街道。地面的雪已经冻住了，所以必须小步行走。

一走到户外我便兴致高昂。我迈开大步，让关节咔啦作响，我对着巷子喊出一个名字，就好似看见一个朋友溜出了巷口一样；我跳起来将帽子掷往高处，略带夸张地接住它。

我的朋友却漠不关心地跟在我身旁。他低着头，一语不发。

这让我觉得奇怪，因为我原本估计，假如我把他带离聚会场合，他会喜不自胜。于是我也安静下来。刚刚我还拍了一下他的背鼓舞他，现在我一时间弄不清楚他是怎么回事，于是把手抽了回来。既然手派不上用场了，我便把它插进大衣口袋里。

我们就这样默默地走着。我注意着我们的脚步声，不明白为何我的脚步无法与我朋友的合拍。天气清朗，我能清楚地看见他的腿。偶尔会看到窗边有人在注视我们。

来到费迪南街的时候，我发觉我的朋友开始哼起《美元公主》[9]中的旋律；很小声，但我听得很清楚。这

9　奥地利作曲家莱奥·法尔（1873—1925）于1907年发表并首演的轻歌剧。

是什么意思？他想侮辱我吗？我已准备好不听这音乐，也不想跟他一起散步了。是啊，为什么他不跟我说话？他若是不需要我，为何不让我静一静，让我在温暖的地方享用班尼狄克汀甜酒与甜食呢？说实在的，争着出来散步的人不是我。何况我自己一个人也能散步。我参加了一场聚会，解救了一个不知感恩的年轻人，使他免于受辱，现在我在月光下散步。这样其实无妨。白天工作，晚上聚会，半夜在街弄散步，万事不逾矩。这是一种自然生成、无拘无束的生活方式！

不过我的朋友还走在我后头，是的，当他发现自己被抛在后面的时候甚至加快了步伐。我俩静默不语，也不能说我们在散步。我却在思索，是否拐进一条小巷会更好，因为我本无义务与人一同散步。我可以独自回家，没人可以阻拦我。我倒要看看我的朋友如何一无所知地经过我家巷子口。别了，我亲爱的朋友！当我回到房间时，我会感到温暖，会点燃桌子上那盏有铁制灯座的立灯，接着，我会坐在那张摆在破掉的东方地毯上的扶手椅中。那景象多美！为什么不行呢？但是然后呢？没有然后。灯会照亮温暖的房间，照在坐在扶手椅里的我的胸膛上。然后我可以冷静下来，在彩绘的四壁间，坐在地板上——从挂在后墙上的金框镜子里看过去，地板是倾斜着的——独处几个小时。我的双腿累了，我已决定无论如何都要回家，躺到我的床上，却又犹豫是否该在离开时跟我的朋友道别。但我太胆怯，不敢不打招呼就离开，同时也太软弱，无法大声喊出来，因而我停下脚步，靠在一面被月光照亮的屋墙上等待。

我的朋友穿过人行道来到我这里，又快又急，好似我应该接住他。他像是因为默许某件事而眨着眼睛，而我显然已经忘了是哪件事。

"怎么，怎么了？"我问。

"没事。"他说，"我只是想问问您对在门廊处吻我的女仆有何看法。她是谁？您见过她吗？没有？我也没有。她到底是不是女仆？她在我们前面走下楼时，我就想问她了。"

"她是个女仆，而且不是地位很高的女仆，一看她那双通红的手就看出来了，我把钱放在她手中时，都感觉到了她粗糙的皮肤。"

"这只证明她被雇用好一阵子了，这我也相信。"

"您说得可能有理。那边的光线让人无法把每样东西看清楚，不过她的脸倒是使我想起了我认识的一个老军官的女儿。"

"我不觉得。"他说。

"这件事情不妨碍我回家。很晚了，明天一早我得上班。上班时可以睡觉，但这么做是不对的。"我伸出手向他道别。

"噢，这手真凉！"他喊道，"我才不会带着冰冷的手回家。亲爱的，您该让人也亲吻您，可惜错失了机会，您可以以后补上。不过，睡觉？今夜？您究竟在想什么呢？您倒是想想，在床上独眠，有多少快乐的想法会闷死在被窝里？有多少不幸的梦会在被窝里取暖？"

"我不闷死什么，也不和什么东西一起取暖。"我说。

"您就同意我吧，您是个喜剧演员。"他结束谈话，开始继续走。我不自觉地跟着他，因为我在专心思索他说的话。

我觉得，从他的话来看，他猜错了我的心思，但由于他对我的猜想，我已经引起了他的注意。还好我没有回家。谁知道这个现在在我旁边，在寒风中呵气，心中想着女仆的人，也许能在人前给我好评价，而无须我自己去争取。只要女人不让他堕落！女人想压住他，亲吻他，这是他的权利与她们的义务，但她们不该在我面前诱拐他。她们亲吻他的时候，也可以亲我一下（在某种程度上用嘴角）。她们若是诱拐他，就是将他从我身边夺走。而他应该要一直、一直待在我身边，除了我还有谁会保护他？他这么笨。二月时有人对他说：你到劳伦茨山来吧，他就跟来了。要是他现在摔倒了、着凉了，或者有个善妒的人从邮政街走出来袭击他，那该怎么办？到时候我该怎么办，该被这个世界抛弃吗？我倒是想看看，不，他不会再摆脱我。

明天他会跟安娜小姐聊天，首先自然而然地聊些寻常事物，但会忽然间再也无法隐瞒：安娜，昨天夜里，我们聚会之后，你知道，我跟一个人在一起，你一定还没见过这个人。他看起来——我该怎么形容呢——就像一根摇晃的长竿，上面有颗长了黑发的脑袋。他身上有许多暗黄色的小布块缀饰，把他整个身体都盖满了，因为昨日无风，那些布平整地贴在他身上。怎么，安娜，你没胃口了吗？这是我的错，都怪我把整个故事说得太糟。要是你看见过他该有多好呀，看到他走在我身边时有多害羞，看到他如何看出我的意乱情迷，这也没有什么难的。不过，为了不打扰我的心荡神驰，他独自往前走了好长一段路。安娜，我相信你一定有些想笑，有些担忧，我却很高兴当时有他在场。那时候你在哪儿呢，安娜？你在你的床上，非洲都不比你的床更遥远。有时候，我真的觉得，繁星密布的天空随着他平坦胸脯的呼吸起伏上升。你觉得我说得夸张？不夸张，安娜，我以我的灵魂发誓，不夸张；以我属于你的灵魂发誓，不夸张。"

我们刚刚踏上弗朗茨恩码头——这样的谈话一定会让我的朋友感到羞愧，但我一点儿也不想让他停止羞愧。只是当时我的思绪纷乱，因为莫尔道河与对岸的城区同处在黑暗之中。只有零星的灯火与张望它们的眼睛嬉戏。

我们穿过车道来到河栏杆边，在那里停下来。我靠在一棵树上。由于从水上吹来的风很冷，我戴上了手套，没来由地发出叹息，像夜里待在河边的人们那样，然后继续走下去。我的朋友却望着水面一动也不动。然后，他又往栏杆边靠近了一些，腿已碰着了铁栏杆，他用手肘抵住铁栏杆，把额头埋进手掌中。这是怎么回事？我觉得冷，便将大衣领子竖起来。我的朋友却伸展四肢、后背、肩膀、脖子，然后把靠在绷紧的双臂上的上半身探到栏杆上面。

"是回忆，对吗？"我说，"是啊，光想起来就很悲伤，更何况睹物思人！别沉溺于这种东西，无论对您还是对我都没有一点儿好处。这再清楚不过：您削弱您当下的位置，而过去的位置并不会因此而得到强化，更不用说，强化过去已不再重要。您以为我没有回忆吗？您有一个，我就有十个。例如，我现在可以回想起自己坐在劳伦茨山的长椅上。那是个晚上，也在河岸边。当然是夏天。我习惯在这样的夜晚盘起双腿，把头靠在木头椅背上，从这个角度可以看见对岸如云的山丘。海滩饭店传来悠扬的小提琴声。河两岸有列车顶着闪闪发光的烟雾驶过。"

我的朋友忽然转过头，打断我的话，发现我还在这里，他显得相当惊讶。"啊，我还可以讲更多呢。"我说完，没再接话。

"您想想，事情总是这样。"他终于搭腔，"我今天走下楼，想在晚上聚会前先散个步，这时，我发现双手在衬衫袖口中前后摆动，摆得那么快活，这让我十分惊讶。那时我就想：等着吧，今天会有事发生。果然，事情真的发生了。"他说这些话时已经在往前走了，并且睁大眼睛微笑地看着我。

我已做到了这一步。他可以跟我讲此类的事，对我微笑，睁大眼睛看我。而我，我必须克制自己，不把手臂放在他的肩上，不去亲吻他的眼睛，当作他可以完全不需要我的奖励。最糟糕的却是，连这么做也损害不了什么，因为这无法改变什么，因为我现在得走，无论如何得走。

我还在快速想办法，至少可以让我在我朋友身边多待一会儿，忽然想到自己的高个子恐怕会让他不好受，站在我身边，他会觉得自己太矮小。这情况深深地折磨着我——尽管已是深夜，我们几乎遇不到任何人——我还是弯腰驼背，以至于走路时双手都碰到了膝盖。为了不让我的朋友察觉到我这些刻意的举动，我非常缓慢地改变着姿势，试着转移他的注意力，甚至让他扭头面向河流。我伸出手，指着射手岛上的树与桥上灯火在河中的倒影。

我的姿势还没完全到位，他突然转过身来看着我说："这是怎么回事？您整个人弯腰驼背的！您在做什么？"

"没错，"我说，头靠在他裤缝的位置，所以无法好好往上看，"您真是好眼力！"

"哎哟！您就站直吧！这样很蠢！"

"不，"我说，并且望着近处的地面，"我就是这个样子。"

"我不得不说，您真会惹人生气。这是没有用的！请您适可而止！"

"看您在这寂静的夜里有多吵！"我说。

"那好，随您的意。"他补充道，停了半晌后又说，"再过一刻钟就午夜一点了。"他显然是从磨坊塔楼上的时钟上读到时间的。

我像是头发被高高扯起一样站着。我让嘴巴张开片刻，好让不安经由嘴巴消退。我明白他的意思，他在打发我走。他身边没有我的位置，就算有，也找不到了。我为何随口说出我执意要待在他身边？不，我只想离开——马上离开——去找我的亲友，他们已经在等我了。要是我没有亲友，自然得靠自己想办法离开，（抱怨有何用？）我应该尽快离开这里。因为已经没有什么可以帮我留在他身边了，我的身高、胃口、冰冷的手，都帮不上忙。如果我认为我必须留在他身边，那么这个想法很危险。

"我不需要您的提醒。"我说。事实也是这样。

"感谢老天，您终于站直了。我只是说，再过一刻钟就是一点了。"

"已经够了。"我说着，将两根手指的指甲塞进打战牙齿的缝隙间，"我本来就不需要您的提醒，更不需要您的解释。我什么都不需要，除了您的慈悲。求您行行好，收回您说的话！"

"收回什么话？再过一刻钟就午夜一点？乐意之至，况且时间早就过了。"

他抬高右臂，抖动着手，聆听袖口金属链响板似的声响。

看来他要动手杀人了。我会待在他身边。他已经在口袋里握住了刀，他会把刀子从大衣里抽出来高高举起，然后刺向我。这件事情很简单，他不可能会感到惊讶，但也许会，谁知道呢？我不会喊叫，只会看着他，直到眼睛再也撑不住。

"现在呢？"他说。

远处一家有黑色玻璃窗的咖啡店前，有一名警察像溜冰一样在石子路上滑行。他的佩剑妨碍到他了，他便把佩剑拿在手中，往前滑行了好长一段，最后绕了个大弯才转过身来。他低声欢呼，脑中又响起了旋律，再度开始滑行。

正是这位距离即将发生的谋杀案仅两百步之遥、却只能看见自己与听见自己声音的警察，让我感觉到恐惧。我很确定，不管是被刺死还是逃跑，无论如何我都完了。逃跑并不会比这种麻烦且痛苦的死法更好。为什么这种死法更好，我一时说不上来，但是在生命的最后一刻，我不应该再寻找理由。等到以后下定了决心再来想，而现在我心意已决。

我得跑开，这简单得很。左转去卡尔桥的时候，我可以向右跑进卡尔街。那是条蜿蜒的巷子，里面有黑暗的房门及没打烊的酒馆，我没必要绝望。

当我们走出码头尽头的桥拱，踏上十字军广场时，我高举双臂奔进了那条巷弄里。可是我在神学院教堂的一扇小门前跌倒了，因为我没注意到那里有一级台阶。跌倒时发出了一些声响，我躺在黑暗中，下一盏路灯离我很远。

一名胖妇人提着一盏小灯从对面一间酒馆走出来，探看街上发生了什么事。酒馆里弹奏钢琴的声音变弱了，只剩单手弹出的琴声，因为弹钢琴的人转身朝门的方向张望。那扇原本半开的门被一个大衣纽扣扣到脖子的男人完全打开了。他吐了一口痰，然后紧紧抱住那名妇人。为了保护那小灯，她不得不将它提起来。"什么事也没有。"他对着屋内喊道，接着两人转身回屋，门又关上了。

我试着爬起来，却又倒下。"地上有薄冰。"我说道，感觉膝盖在疼。但我很高兴酒馆里的人没有看见我，我可以在这里静静地躺到黎明。

我的朋友大概是往桥那边走了，也没有察觉到我的不辞而别，因为他过了一阵子才来到我这里。他朝我弯下腰——像条鬣狗一样，几乎只低下了脖子——用柔软的手安抚我，我却没有注意到他吃惊的神色。他来回抚摸着我的脸颊，然后将手掌放在我的额头上："您摔疼了吧？地上有薄冰，可要当心——这不是您自己告诉我的吗？头疼吗？不疼？噢，是膝盖疼。这样啊。这不太妙。"

他却没有打算把我拉起来。我用右手撑住头，手肘抵在一块石砖上，说："这下我们又在一起了。"由于我又感到恐惧，于是用双手推他的小腿，想把他推走："走开，走开。"

他的双手插在口袋里，望向空荡荡的巷子，然后是神学院教堂，最后望向天空。当一辆马车轰隆隆地驶过附近的一条巷子时，他终于想起了我："对了，亲爱的，您怎么不说话？您不舒服吗？对了，您怎么不站起来？要我找辆马车来吗？若您愿意，我去酒馆给您带些酒来。您不能躺在这么冷的地方。而且我们不是还要去劳伦茨山嘛。"

"当然了。"说罢，我强忍着剧痛自己站起来。我的身体马上摇晃起来，必须盯着卡尔四世的立像才能确定自己的站立点。要不是这没有帮上一点忙，我也不会忽然想到可能会有个脖子上围着黑天鹅绒丝带的女孩爱我，虽不热烈，但很忠诚。感谢亲爱的月亮，它的光照着我，我意会到月光照耀大地是多么理所当然。出于谦卑，我想让自己待在桥头塔楼的拱顶下，于是满心欢喜地张开双臂，让自己完全沐浴在月光中。当我用不受拘束的双臂做出游泳的姿态，没有疼痛，也不费力气地前进时，我感觉轻松多了。从前我怎么没试过呢？我的头在沁凉的风中，正好我的右膝盖移动得最好，我拍拍它以示赞美。我想起自己曾有一个让我受不了的朋友，他可能还在我下边走着。这整件事情让我很高兴，因为我的记性这么好，连这些事情都还记得。但是我不能想太多，因为我得继续游泳，我不想潜得太深。为了不让人们之后有机会对我说，人人都可以在石子路上游泳，这种事根本不值得一提，我便加快速度跃过栏杆，把遇上的每一尊圣者雕像都游过一遍。当我正在石子路上悄悄击水游到第五尊雕像旁边的时候，我的朋友抓住了我的手。我又站在了石子路上，感到膝盖一阵疼痛。

"一直以来，"我的朋友说，一只手紧抓着我，另一只手指着圣女露德米拉的雕像，"我一直很喜欢左边这位天使的手。您看看它们多精致！真的是天使的手！您见过类似的吗？肯定没有，但我见过，因为我今晚吻过手——"

对于我来说，现在有了第三种死法。我不必被刺死，不必逃跑，我可以就这么把自己抛向空中。他去他的劳伦茨山，我不会打扰他，连我跑掉也不会打扰到他。

此刻我喊道："开始说故事吧！我不要再听零星琐碎的东西了。请您把一切从头到尾说给我听。我告诉您，少一点儿我都不听。我等不及要听全部的故事了。"

他注视着我，我不再喊叫了。"您可以信任我，我会守口如瓶的！只要把您心里想的统统告诉我。您还从未遇到过像我这样严守秘密的听众呢。"

我贴近他的耳朵，轻声地说："您不必怕我，真的没必要。"

我听见他在笑。

二

（一）

我一个箭步跃上我朋友的肩膀，仿佛这不是第一回，我用拳头捶他的背让他小跑起来。他还有点儿不情愿地跺地，有时甚至停下来，我就用靴子踢他的肚子好几脚，让他振作起来。这一招有用，我们很快就来到一个巨大且尚未开发完成的地带的中心。

我骑行经过的乡间道路多石且十分崎岖，然而这正合我意，我让这段路更多石且更崎岖。只要我的朋友步履踉跄，我便揪住他的衣领往上拉；只要他发出呻吟，我就敲他的头。行进时，我感觉到在这清新的空气中骑马是多么有益健康，我想要骑得更奔放狂野，便让狂风一波波地不断朝我们袭来。

现在我骑在我朋友宽大的肩上，还夸张地做出腾跃的马术动作。我的双手紧紧地攥住他的脖子，头往后仰得奇高，观察形形色色的云朵慢吞吞地随风飘浮——它们比我还虚弱。我大笑，因为自己的胆量而颤抖。我的大衣敞开着，给了我力量。我的双手用力交握在一起，差点儿把我的朋友掐死。

我让道路附近长出树木，枝丫逐渐遮蔽了天空，这时我才开始思索。

"我不知道！"我无声地喊着，"我真的不知道。若没有人来，那就是真的没有人来。我没有伤害过人，也没有人伤害过我，但就是没有人愿意帮我。都是些无名之辈。而事实并非这样。只是没有人帮我罢了——要不然，无名之辈也能派上用场。我会非常乐意做一件事——为何不跟这些无名之辈来一次远足呢？当然是上山踏青了，不然要去哪儿呢？这些无名之辈簇拥在一起，勾肩搭背，许多双脚被短促的步子分开！可想而知，大家都身穿燕尾服。我们马马虎虎地走着，风穿过我们身躯和四肢间的缝隙。在山里，我们的嗓子可以自在地舒展！神奇的是，我们没有唱歌。"[10]

---

10 本段被收录进卡夫卡短篇作品集《沉思》，题为《山间远足》。

这时我的朋友摔倒了，我为他检查时发现他的膝盖受了重伤。他已对我毫无用处，我毫不犹豫地把他丢在石头路上，吹起口哨从高空中召来几只秃鹰。它们顺从地落在他身旁，用严厉的尖嘴守护着他。

（二）

我无牵无挂地继续走下去。由于是步行，我深怕连绵起伏的山路走起来让我觉得吃力，于是我让路越来越平坦，最后在远方沉入一座山谷。石头依我的意念消失，风渐渐止息。

我踏着大步行走，由于是下坡，我仰起头，把身体挺直，手臂交叠放在脑后。因我喜欢杉木林，遂走过这林地；因我喜欢默默凝望满天繁星，于是星辰如往常一样，在天际缓缓为我升起。只看见少许长条状的云被高空的风吹着，飘在空中，给散步的人带来惊喜。

在我这条路对面很远的地方，也许与我中间相隔着一条河，我让一座巍峨的高山耸立，高地与天空交界处长满灌木丛。我还能清楚地看见最高树枝上的小枝丫以及它们摇动的姿态。这景象也许再平常不过，我却高兴得像枝头上的小鸟，在遥远、蓬乱的树丛上摇晃，以至于忘记让月亮升起。月亮早已躺在山后，也许正因为耽误了时间而愠怒。

此刻，冷冷的光在月亮升起之前先在山上铺展开来，霎时，月亮从一片骚动的树丛后方升起。而我却看往另一个方向，回过头来望向前方时，我突然看见它几乎像满月那样大放光芒。我停下脚步，眼睛里一片朦胧昏暗，因为我这条陡峭的坡路正像是通往这骇人的明月。

然而半晌后，我习惯了这月亮，并且审慎地观察着月亮升起是多么艰难。我和月亮彼此相迎地走了好长一段路，直到我终于感觉到强烈的睡意。我想是这趟不寻常的散步太累所致。我闭上眼睛走了一小段路，只能靠有规律地大声击掌来保持清醒。

然而，就在脚下的路险些令我滑倒，就在困倦如我的一切都开始消失之际，我连忙使尽所有力气爬上道路右边的斜坡，好及时抵达那片高大纷乱的杉木林，我打算在那里睡一晚。

加紧赶路是必要的。天气清朗，星光已暗，我看见月亮无力地下沉，仿佛在一片流动的水域中沉下。山已隶属于阴暗，乡道破碎地结束在我转上斜坡的地方，从林中传来树木倒下的声音，声响还在不断靠近。

现在我多希望能马上躺在青苔上入睡，但是我不敢在森林中席地而眠，因此手脚并用奋力地攀在树干上，迅速地爬上一棵树，即使平静无风，树仍在摇晃。我躺在一根树枝上，头倚着树干很快睡着了。此时，一只和我心情一样的小松鼠正竖起尾巴坐在摇晃的树梢，身体在跟着树梢晃动。

（三）

我睡着了，全身心地进入第一个梦。我带着恐惧与痛苦在梦中辗转反侧，梦无法承受，却又不可以唤醒我，因为，我睡觉，是因为我周遭的世界结束了。因此，我奔过梦之深渊，逃离了睡与梦，如获救一般回到了故乡的村庄。

我听见马车从花园篱笆旁驶过，有时也透过绿叶间微微移动的缝隙望见它们。在这炎热的夏季，车辐和车辕的木头发出了好大的声响！干活的人从田中走来，阵阵笑声让人心烦。我坐在小小的秋千上，在父母花园里的绿树间休息。[11]

---

11 从本段起到本小节结束，即从"我听见马车从花园篱笆旁驶过"直到"傻瓜怎么会累呢？"被收录进卡夫卡短篇作品集《沉思》，题为《乡间公路上的孩子们》。

在篱笆外，行人车辆络绎不绝。孩子们奔跑而过。谷车上载着成捆的干草，干草捆上面和周围坐着男男女女，经过时在花坛上投下暗影。傍晚时分，我看见一名男子拄着拐杖慢悠悠地散步，女孩们勾手并肩向他走来，一边向他招呼致意，一边拐进路旁的草地给他让路。

而后，鸟儿霎时飞蹿，我的眼睛追随着它们，看它们一个劲儿地飞往高空，直到我相信不是它们在飞升，而是我在下坠。由于感到虚弱，我握紧秋千的绳索，开始微微摇晃。很快，我摇晃得更厉害了，拂过的空气已渐冰凉，飞翔的鸟儿不见了，空中出现闪烁的星辰。

我在烛光下吃晚饭。我时常把双臂放在木桌上，疲惫地吃着涂了奶油的面包。暖风吹起满是网眼的窗帘，有时外面有人经过，想看清我，同我说话，便会去伸手抓窗帘。烛火多半会很快熄灭，在幽暗的烛烟中，群聚的蚊子四下飞散。有个人站在窗外问我话，我看着他，像望着远山，或只是望着空气，而他也并不那么在乎我是否回答。

这时，有人跃过窗台，告诉我其他人已在屋门前，我叹了口气，站起身。

"不，你为什么这样叹气？发生了什么事？有什么不幸的灾祸吗？难道我们就要从此一蹶不振？一切就这么完了吗？"

什么都没有完。我们跑到屋门前。

"感谢老天，你终于出现了！"

"你总是迟到！"

"为什么这样说我？"

"就是你，你要不想来，就待在家里吧。"

"没良心！"

"什么？没良心？你怎么能这么说？"

我们一头扎进夜色里。不分白天与黑夜。一会儿我们背心上的纽扣如牙齿般摩擦起来；一会儿我们保持固定的距离奔跑着，像热带动物一样，嘴里喷着热气。我们就像古代战场上的盔甲战士，踏着沉重的步伐、雄伟地乘风而去，沿街追逐着进入窄巷，一路冲上乡间公路。有些人一脚踏进了路旁的沟渠，才刚刚消失在幽暗的斜坡前，就又如陌生人一般，站在乡间公路的坡道上俯视着。

"下来呀！"

"你们先上来！"

"上去让你们把我们推下来吗？我们聪明着呢，才不会中你们的计。"

"我说你们可真胆小，上来，上来呀！"

"你们真的要这样吗，把我们推下来？你们有这个能耐吗？"

我们展开攻击，胸前被推了一把，接着心甘情愿地躺倒在路旁沟渠的草坡上。一切都均匀地变暖了，但我们感受不到草地的温度，只觉得疲倦。

如果我们向右翻身，用手垫着耳朵，这样便能欢快入睡。我们想伸着下巴再站起来，却只会坠入更深的沟渠里。然后横伸手臂，斜摆双腿，欲迎风跳跃，肯定又会坠入更深的沟渠里。如此反复，不愿罢休。

你可以在最后一个沟渠里，尽情伸展四肢，特别是膝盖，然后舒舒服服地入睡。然而，几乎没有人想到这一点，大家只是像病了一样仰卧在草地上，想要哭泣。有个男孩双肘抵腰从斜坡跳到路上，黑乎乎的脚底从我们身体上方一跃而过，这时，我们眨了眨眼睛。

抬眼望去，月亮已挂在天边，一辆邮车在月光下驶过。风微微吹拂，在沟渠的草坡上也能感受得到，邻近的树林开始沙沙作响。此时是否独处已无关紧要。

"你在哪里？"

"过来！"

"大家一起！"

"怎么躲在那里？笨蛋！"

"你不知道邮车已经过去了吗？"

"不会吧！已经过去了？"

"当然了，在你睡着的时候。"

"我睡着了，不会吧？"

"别说啦，一看就知道你在睡觉。"

"你这是什么话。"

"来吧！"

我们比肩奔跑，有些人手拉着手，由于是沿坡往下跑，头不能抬得太高。有人喊出了印第安人的战斗口号，然后我们开始了前所未有的疾驰，乘风跳跃。没有什么能让我们停下来。我们疾驰着，超过别人时还会把手臂交叉，从容地环顾四方。

我们在野溪小桥上停留，跑远的人也折返了。桥下的流水拍打着石头与树根，浑然不觉夜幕降临。没有理由不跳上桥栏杆啊！

一列火车从远方的树丛后面驶出来，车厢里灯火通明，玻璃窗低掩着。有人哼起了流行小调，而我们都想一起唱。我们唱得比疾行的列车还要急促，因为声音不够大，我们挥舞起手臂，簇拥在一起合唱，这让我们感到无限快意。当你的声音混到其他人的声音里时，那感觉就像被鱼钩挂住一样，无法脱身。

我们就这样背对着森林唱着，唱给远方的旅人听。

村庄里的大人们还醒着，母亲们正在准备晚上的床铺。

时候已到。我吻了吻站在我身边的人，同近旁的三个人握手，然后开始沿路往回跑，没有人叫住我。到第一个十字路口时，他们已经看不见我了，我拐了弯，沿着田间小路又跑向森林。我奔向南方的那座城市，我们村里的人这么谈论它：

"看看那边的人！你们想，他们不睡觉的！"

"为什么不睡觉？"

"因为他们不会累。"

"为什么不会累？"

"因为他们是傻瓜。"

"傻瓜都不累吗？"

"傻瓜怎么会累呢？"

（四）

我有段时间天天上教堂，因为我爱上的一个女孩晚上会在那里跪祷半个小时，那时我能静静地观察她。

有一回，那女孩没有来，我不情愿地望着祈祷的人们，有个骨瘦如柴、整个身体都趴在地上的年轻人引起了我的注意。他每隔一阵子就会用全身之力揪住自己的头，在叹息声中猛地把头叩击在平摊在石地板上的手掌里。

教堂里只有几名老妇，裹着头巾的小脑袋时常侧向一边，好去看那位祈祷者。他看似喜欢引起他人注意，因为在虔敬之情爆发之前，他会先环顾四周，看看观看者多不多。

我认为这样不得体，于是决定在他出教堂的时候与他攀谈，探问他为何要用这种方式祈祷。因为，自从我抵达这座城，我便把弄清事情的真相看得比什么都重要，而我现在其实正为一件事生气，那就是我喜欢的女孩没有来。

他过了一个小时才站起来，花了好长的时间清理裤子，我忍不住喊道："够了，够了，我们大家都看到您有裤子了！"他小心谨慎地画了十字，然后像个水手一样踏着重步走向圣水盆。

我站在圣水盆与门之间的路上，心里很清楚，若他没有给出一个解释，我是不会放他走的。我抿着嘴，因为在决意讲话前，这是最好的准备动作。我将右腿往前跨一步以支撑身体，左腿足尖漫不经心地顶在地上，一如我往常的经验，这样能带给我信心。

也许他先前往自己脸上洒圣水时就已经瞥见了我，也许我先前的注视让他忧虑不安，因为他令人猝不及防地奔出门去了。我不自觉地往前一跃，想拦住他。玻璃门砰的一声关上了。我紧随其后踏出门，外面有几条窄巷，交通川流不息，我没再看见他。

接下来的几天他都没有来，但是我喜欢的女孩来了，又在礼拜堂的一个角落里祈祷。她穿着黑色衣裳，肩上有透明花边，花边下面是新月形袖口，剪裁优美的丝绸衣领自花边的底部边缘垂下。因为女孩来了，我就忘了那个年轻人，就算他以后又按时来了，依他的习惯祷告，我也不再理会他。

但他总是把脸别过去，忽然匆匆忙忙地从我身边走过。然而在祈祷的时候，他却一直看着我。他看来在生我的气，因为我当时没有和他攀谈，他仿佛认为，既然我有意要跟他说话，我就得扛起义务付诸行动。在一场布道结束之后，我一直跟着那女孩，昏暗之中我和他撞在一起，那时我觉得他在微笑。

我当然没有义务跟他说话，但我也几乎不再渴望与他攀谈。有一次我跑着抵达教堂广场的时候，时钟已敲响七点，女孩早已不在教堂里了，只剩下那个人在圣坛的栏杆前忙碌，即便这样我还是犹豫不决。

终于，我踮起脚尖溜到门口，给坐在那里的盲眼乞丐一枚硬币，让自己跟他一起挤在打开的那扇门后方。在那里，我为自己给乞丐带来的惊喜高兴了差不多半个小时。但是这惊喜没有持续下去，我很快就因为蜘蛛在我的衣服上爬来爬去而恼怒，而且令人讨厌的是，每当有人喘着粗气从昏暗的教堂里走出来时，我就得弯下腰鞠躬。

他也出来了。我发现不久前大钟敲响的声音令他不舒服。他先得轻轻地以脚尖触地，随后整个脚掌才会真正踏在地面上。

我站起来，向前迈出一大步把他拦住。"晚上好！"我说着，一只手揪住他的衣领，一把将他从台阶推到下面灯火通明的广场。

我们下来后，我还在背后抓着他，他转身朝向我，因此我们胸贴胸站着。"要是您能放开我就好了！"他说，"我不知道您怀疑我什么，但是我是无辜的。"然后他重复一遍，"我当然不知道您怀疑我什么。"

"事情和怀疑或无辜都扯不上边。我请求您，别再说这些了。我们彼此陌生，相识的时间不比教堂台阶的高度长。一见面就谈我们是无辜的，以后会谈到哪里去？"

"我也这样想。"他说，"此外您提到'我们是无辜的'，是不是意味着，要是我证明我是无辜的，也就必须证明您是无辜的。您是这个意思吗？"

"若不是这个意思，就是有别的意思。"我说，"请您记住，之所以和您攀谈，是因为我想问您一些事。"

"我很想回家去。"他说着，微微转了下身。

"我相信。要不然我会与您攀谈吗？您不该认为，我是因为您漂亮的眼睛而来攀谈的。"

"什么？您这样是不是太直率了？"

"需要我再跟您讲一次，事情跟这些无关吗？谈什么直率不直率？我问，您回答，然后再见。再然后您就可以回家去了，我没意见，想多快回去都行。"

"我们下回再聚不是更好吗？找个合适的时间？也许在一家咖啡馆？此外，您的新娘小姐几分钟前才离开，您还是可以赶上她的，她等了好久。"

"不，"我在电车驶过的嘈杂声中大喊，"您逃不过的。我越来越喜欢您。您是我幸运的猎物。我为自己欢呼庆贺。"

这时他说："啊，天啊，正如人们所说，您有颗健康的心，脑袋却硬如石雕。您称我为幸运的猎物，您想必非常开心！因为我的不幸是摇摆不定的，它在一个尖端上摇摆，要是谁碰了它，它便会落到提问者身上。因此——晚安了。"

"很好，"我说，他对此感到意外，我握住他的右手，"您若不愿回答，我就会逼您。我会跟着您，无论您是往右还是往左，甚至走上通往您房间的楼梯，您的房间里哪里有位子，我就坐在哪里。当然，您只管看着我，我可以忍受。但是您要如何——"我走到他面前——因为他比我高一头，所以我在对着他的脖子说话——"但是您要如何鼓起勇气阻止我？"

他退了一步，轮流亲吻我的双手，用眼泪将它们浸湿："没人可以拒绝您。就像您知道我想回家，我先前就已经知道我无法拒绝您。我只请求，我们最好去那边的后巷子里。"我点点头，然后我们一同走过去。来了一辆马车，把我们隔开了，我因此落到了后面，他伸出双手招呼我，我加快了步伐。

这条暗巷子仅有几盏相距很远、几乎有两层楼高的路灯，他感到不满意，于是领我走到一幢老屋的低矮门廊下，来到挂在木梯前面的一盏滴着煤油的小灯下。

他把他的手帕铺在一个被踩坏的阶梯的凹槽上，邀请我坐下："坐下来您更好问，我站着，这样我更好回答。但别折磨我！"

我坐下来，因为他把事情看得如此慎重，我却说："您领我到这个简陋的地方，好像我们是同谋一样，然而我对您是出于好奇，您对我是出于恐惧，我们之间仅有这样的关联。其实，我只是想问您在教堂里为何要那样祈祷。看看您在那里的举止是什么样子！像个名副其实的傻瓜！多么可笑，这会让旁观者多不舒服，让虔诚的人多难以忍受！"

他的身体紧贴着墙，只让头自由转动："全是误会，因为虔诚的人认为我的举止很自然，其他人则认为那是虔诚的表现。"

"我的愤怒就驳斥了这件事。"

"假定您是真的生气，这只证明了，您既不属于虔诚的人，也不属于其他那些人。"

"您说得对，若是我说您的举止令我生气，这是有些夸张；不，这也让我有些好奇，我一开始就明说过了。但是您呢，您属于哪一类人？"

"啊，我只是觉得被人观看很好玩。也可以说，不时把影子投到圣坛上很好玩。"

"好玩？"我绷着脸问。

"如果您想知道，那当然不是。我说错话了，请别生气。不是好玩，是我的需求，我需要这些目光用力捶打我一小段时间，在这整座城市包围我的时候——"

"您说什么？"我的喊叫对于这小小意见与低矮通道而言未免太大声，但我害怕沉默，或是让声音减弱，"真的，您在说什么？现在我对天发誓，我发现我自从一开始就预感到了您的状况。不就是发烧、陆上晕船症以及某种麻风病吗？您在酷热中无法满足于事物的真实名称，会觉得不满足，现在又急于在它们身上冠上偶得之名？只求快，只求快！可是，您才一离开，便又忘了它们的名字。田野中的白杨树，您称为'巴比伦塔'，因为您不想知道那是一棵白杨树；等它再次莫名地摇晃起来时，您得把它命名为'酒醉的诺亚'。"

他打断我的话："我很高兴自己听不懂您说的话。"

我激动且急促地说："既然您对此感到高兴，就表示您听懂了。"

"我不是已经说过了？没人可以拒绝您。"

我把双手放在一级较高的阶梯上，身体往后靠，这是摔跤选手的绝招，姿势近乎无懈可击。"抱歉，要是您把我给您的解释又丢回来给我，那也太不直率了。"

接着，他变得胆大起来。他双手交叠，使身体协调一致，并带着几分勉强说："您打从一开始就排除了对直率的争论。真的，我只关心一件事，要让您完全了解我祈祷的方式。您知道我为什么这样祈祷吗？"

他在测试我。不，我不知道，而且我也不想知道。当时我告诉自己，我本来也不想来这里的，但这个人简直在逼我听他说话。我只需要摇摇头，一切就会没事，可是此刻我偏偏做不到。

我对面的人微笑着，然后他跪下来，用昏昏欲睡的怪相对我诉说："现在我终于能向您透露，为何我让您跟我攀谈，是出于好奇与希望。您的视线已安慰了我好长一段时间。而我也希望能从您身上知道这是怎么一回事：我周围的事物总像降雪般沉落，而在别人面前，就连桌子上的小烧酒杯也能像个纪念碑那样稳稳地立着。"

由于我沉默不语，脸上不由自主地抽搐着，他便问："您不相信其他人是这样吗？真的不相信？啊，您听我说！当我还是孩子时，有次在短暂的午睡之后睁开眼，还没有回过神来，便听见母亲在阳台上用她自然的声调问下面的人：'我亲爱的，您在做什么呀？今天真热！'一个女人在花园里回答：'我在绿意里喝下午茶。'她们说话不假思索，而且不太清楚，仿佛那个女人在等待提问，而我母亲在等待回答。"

我觉得被问的人是我，于是将手伸进后面的裤袋里，作势在找东西。但我并没有在找什么，只是想改变一下我的模样，好显示我在参与谈话。作势在找东西时我说，这件事真古怪，令我百思不解。我还补充说我不相信这件事是真的，它定是为某种我一时无法看清的目的而臆造出来的。然后我闭上眼睛，好避开那恶劣的光线。

"您看，鼓起勇气来，您难得与我意见相同，出于慷慨无私您才把我拦下来，告诉我这些。我失去了一个希望，却得到了另一个。

"可不是吗？我走路不挺直身体迈开大步，手杖不敲在石子路上，不碰大声说话经过我身旁的人们的衣裳，我为什么要感到羞愧？而我是个影子，没有明确的界限，沿着一幢幢房屋蹦跳而过，有时就消失在陈列橱窗的玻璃上，难道我不该理直气壮地控诉？

"我过的是怎样的日子？为什么所有屋子都盖得这么糟，时有高楼无缘无故地倒塌？我爬上瓦砾堆，询问我遇见的每一个人：'在我们的城市怎么可能会发生这种事？这是一栋新房子，今天已经不知道是第几栋了！——您想想看。'没有人能回答我。

"经常有人倒在巷子里，躺在那里死去。这时所有商家打开被商品遮住的店门，敏捷地走过去，把死者弄进屋里，然后眼里堆满笑意地走出来，开始闲聊其他话题：'您好——今日天色灰白——我有许多头巾可卖——是啊，有战争。'我赶忙进屋，好几次胆怯地举起弯曲的手指，最后终于敲响了看守者的小窗。'好人，'我说，'不久前似乎有个死掉的人被送到您这里来了，您能否行行好，让我看看他？'他摇摇头，仿佛无法做决定，我于是补充说：'您给我注意了！我是秘密警察，我要马上看到死者。'此刻他不再犹豫，

'出去！'他喊道，'这些无赖习惯每天在这里到处爬！这里没有死人，也许在隔壁。'我向他致意，然后离开。

"然而，当我穿过一个大广场时，我把一切都忘了。若是出于狂妄而修建这么大的广场，为什么不修建一排横跨广场的栏杆呢？今天一度吹西南风，市政厅塔楼的尖顶被风吹得打转，所有窗玻璃都在哗啦作响，灯柱弯得像竹子一样。柱子上的圣母玛利亚的斗篷缠在一起，被风撕扯着。没有人看见吗？本该走在石子路上的男士与女士像飘在空中。每当风停下来，他们便停步，相互交谈几句，礼貌地鞠躬致意，当风又刮起来时，他们便抵挡不住，双脚同时离地。虽然必须攥紧帽子，但他们的眼神里却闪烁着欢快的光芒，丝毫不受天气影响。唯有我在害怕。"

于是我说："您先前说的有关您母亲与花园里的女人的故事，我觉得一点儿也不稀奇。因为我不仅听过且经历过许多这样的故事，甚至有些还参与过。这种事情非常自然。您真的认为，要是我夏天在那个阳台上，就不会问出一样的问题，从花园里不会得到一样的回答吗？这件事多么寻常！"

我说出这些话，他看起来终于平静了下来。他说我打扮得漂亮，很喜欢我的领结，还说我的皮肤多细腻。他还说，供认被撤回时，事情才最清楚明了。

我试着让自己振奋起来已经有一段时间了。我想快速说几句话，只为了让他的脸离我的脸远一些。他的脸离我那么近，我只得仰着头，否则就要撞上他的额头。一时间，我却还张着嘴不出声地对着他的脸笑，随后又望向别处，直到收起了笑容，我才又转回来看他，可是我又忍不住开始笑，所以又别过头去。不管怎样，其实我只想回家待在我的床上，面前只有墙，其他一切都在背后。

此刻，这条走廊热了起来，我的脸因此开始发烫。为了稍微放松些，我又往后仰起仰头，直到帽子从头上掉下来。楼梯间上方的拱顶上画了浅红色的天使与花朵。我注视着，直接用手擦去了额头与脸颊上的汗珠。

我还想站起来，用全身的力量推开眼前这个人，打开大门，到外面呼吸我急需的空气。我也真的站了起来，鞋跟用力踏地。他拿手掌挡在前面，往后跳了一小步。我抱住木栏杆爬上爬下了一会儿，好让自己习惯站立，他却像以前那样长时间躺在楼梯上，弯起上身，然后又躺下，腿伸出去，手臂完全仲到上面的台阶上，左手手指顶着墙壁，右手手指敲打着台阶的基座。

我靠在外面的栏杆上，双手捂着嘴。他在一级台阶边缘慢慢转过头来，直到能直视我的脸，然后说："您像个站在码头上的懒鬼，而我就像淹死了一样躺在这里。"

"这样也不赖。"我心想，然后抬起头说："您这样倒是挺舒服的。"我不相信我的嘴唇这么干燥，便伸手去抓它们。

他不理会我的话，说："跟从前正好相反，只是我不像您现在这样，站在这里，一副事不关己的模样。"

"我说，您在这里倒是挺舒服的。"我继续说道，并且因为这些话忍不住笑了出来。

"这是不是让您不舒服？"他说着，突然闭上眼睛，"如果这让您不舒服了，需要的话就打开大门去呼吸外面的空气吧。"

"您！"我喊道——这是一种责备——像在击剑中那样虚假地走小步绕着栏杆转，我倒在他身旁，在他的胸前哭泣。

"您看看您！别这样！"他一边抚摩我的头发一边说，"您这傻瓜，我没法站起来啊！您是不是想不计一切代价压死我！您要不是傻瓜的话，就别这样！"

然而眼泪来得很快，我不知道该把脸放在哪里好，就让它继续待在原地。

"您没有发现啊！"他继续说，"从一开始，我就想把您弄哭。我说的每一句话都有这个企图，我差点儿以为没有成功的希望了。最后我开了一个玩笑，而您真的很有趣，竟然开始哭了。走开！丢脸！"

"我不哭了，"我注视着他，下巴倚在他身上，"要是我有像您这样的朋友，我就不会哭。"可是我还在哭，因为我没办法马上停下来。

"这样也很蠢。"他说。为了看我，他差点儿把脖子扭脱臼，他从我手中取走手帕，为我擦干眼泪，"不满足根本不是哭的理由，在这个世界上哪里还找不到不满足的理由！事情是怎样，就该怎样。害怕事物可能改变，就是我最大的让步了。"

"因为，您看——我告诉您——我们打造出根本不能用的战争机器、高塔、围墙、丝绸帷幕，如果有时间，我们会对这些发出赞叹。我们会悬浮，不会坠落，我们会振翅飞翔，就算我们丑得像蝙蝠一样。但是没有一个人可以阻止我们在某个美好的日子说：'噢，今天多美好！'因为我们已被安置在我们的地球上，仰赖我们的共同看法而生活。"

他说话时用力地在我背上拍了一下，我吓得直起身子，却又弯腰伏在他的身上，双手放在他的腋窝处。"您要更加小心。"他说完笑了，我的身体也跟着抖动。"您知道吗？我们这样就像雪里的树干。看起来只是平放着，只消人轻轻一踢就能移开。但不是的，人们办不到，因为它们与大地紧紧相连。好了，就连这也只是表象。"

"不，您看。"我说。这时他猛地将我的手推到一边，我倒下来。

"那么，我们走吧。"他说完，我们两个都站起来。

"可是，您的母亲！"我说，"她一定是个了不起的女人！要是我有这样的母亲就好了！"

"她对我有什么好处？忘了那个故事吧！"他说着，然后用我的手帕为我掸去大衣上的灰尘。

"好啊，您连这也禁止我！"我说着，往前走了一步，他得拿着手帕跟上我。

"您想怎样？"他说，"这明明是编出来的故事。从老远就可以看出它是编出来的了。"

"我知道。"我说。

"您什么也不知道！"他说，"今天晚上您该去的那个聚会呢？"

"真的，那个聚会！您看看，聚会的事我给忘得一干二净了！我多健忘！我还是第一次这么健忘。"

"我的功劳！"

"是啦！您要不要陪我一起去？路不远。如何？"

"当然了。"

"陪我一起上去？拜托！"

"这就不行了。"

"为什么不行？要是我好好拜托您呢？这样就可以了，不是吗？"

"我们先走吧！已经很晚了！"

"要是没有您，我说不定就不去那场聚会了。"

"那就来吧！来！对您做什么都没用，因为看来您最喜欢这个地方。"

"差不多。"我说道，咬着下唇看着他。他一手抱住我的背，打开门，将我推出去。

于是我们走出门廊来到天空下。我的朋友吹走了几朵零散的云，好让绵延不绝的星星帷幕呈现在我们眼前。他走得相当吃力，看起来一点儿也不优雅，更像个生病的农夫。他把手放在我的肩上，像是要接近我，其实他是想撑住身体。我忍受着，甚至将他的手指拉到我的腋下。

在我受邀参加聚会的房子前，我和他停下了。

"那么，别了。"我说。

"所以就是这里了？"

"是的，是这里。"

"路程并不远。"

"我就说嘛。"

乡村婚礼筹备（1907—1909）
Hochzeitsvorbereitungen auf dem Lande

A 稿　Fassung A

爱德华·拉班穿过门廊，来到敞开的门前，看见外面在下雨。下着小雨。

他眼前的人行道上熙熙攘攘，人们踏着各式各样的脚步。有时会有人走出来横穿车道。一个小女孩伸出双手，抱着一只疲倦的小狗。两位男士在交换消息，其中一位双手掌心朝上匀速移动，仿佛在托着重物。可以看见那边有一位女士，帽了上有许多装饰：缎带、别针与花朵。一个年轻人拄着细细的手杖匆匆经过，他的左手仿佛瘫痪般平放在胸前。偶有几个吸烟的男人经过，留下一缕缕细长的烟雾。三位男士——其中两位把薄大衣挂在弯起的手臂上——好几次从屋墙快步走向人行道的尽头，观察那里的动静，然后一边交谈一边走回原处。

透过行人之间的缝隙，可以看见车道上铺得整齐的石子。马儿伸长脖子，拉着带有精致高大车轮的车。倚在软垫座位上的人默默地注视着行人、商店、阳台与天空。如果有一辆马车要超车，马儿会挤在一起，悬挂着的缰绳摇来晃去。牲口拉着车辕，赶路的车子剧烈摇晃，直到完全超过前面的车，马儿才重新分开，只有瘦长平静的马头靠在一起。

一些人快步来到门前，在干燥的马赛克地面上停下脚步，慢慢转过身，看着被挤进这条窄巷的雨纷乱落下。

拉班感到疲倦。他的嘴唇十分苍白，就像有摩尔式花样的厚领带一样，上面的红色已经褪色。站在对面石头门楣前的女士正望着他。她的表情漠然，此外，她也许只是望着他前面的落雨，或者是望着他头顶的门上镶着的一小块公司招牌。拉班觉得她流露出了吃惊的眼神。"那么，"他想，"要是能跟她解释一下，她就不会感到吃惊了。"人们在岗位上过度工作，甚至疲惫得无法好好享受假期。然而就算做了所有的工作，还是无法要求所有人善待自己。相反，对所有人来说，自己在他们眼里还是完全陌生的。只要你说的是"某人"而不是"我"，那便会没事，你尽可将这个故事讲下去，然而只要承认你就是那个人，你就会被完全看穿，并且感到惊慌。

他放下用格纹布缝制的手提箱，同时弯下膝盖。雨水已经在车道边汇成水流，并向低处的下水道涌去。

若是我自己在区分"某人"与"我"，我怎么能埋怨别人？他们也许不是不公正，但我疲惫得无法看清一切。我甚至疲惫得没有力气走去火车站，那条路明明很短。我为什么不待在城里休养，度过这短短的假期？我真不理智。——我知道，这趟旅行会让我生病。我住的房间会不够舒适，在乡下就是这样，别无选择。才进入六月上旬，乡下的空气常常还非常凉爽。虽然我在穿着上小心谨慎，但是我肯定会着凉。因为我晚上还是会和大家一起去散步。那里有池塘，人们会沿着池塘散步。然而，在聊天时，我却不太会出风头。我无法将这个池塘与遥远国度的池塘作比较，因为我从未旅行过，而对于谈月亮、感受幸福，并且热情洋溢地登上瓦砾堆这些事，我的年纪太大了，做这些只怕会招人嘲笑。

人们微微低头经过，头顶上撑着深色的伞，摇摇晃晃的。一辆装有货物的马车驶过，在填满稻草的驾驶座上，一个男人漫不经心地伸长腿，一只脚几乎碰到地面，另一只脚则稳妥地放在稻草与破布上，看起来好似坐在天气晴朗的田野上。但他仍专注地拉着缰绳。车上的铁杆互击发出声响，马车在拥挤的街道上顺利转弯。潮湿的地面上可以看见铁杆弯曲的倒影，缓缓地掠过路面上的一排排石子。对面女士身旁的小男孩穿得像种葡萄的老农夫。皱巴巴的长衣裳在下面围起一个大圆圈，只在腋下附近系着一根皮带。半圆形的帽子遮盖到他的眉宇，帽尖一道流苏垂挂在他的左耳上。下雨让他开心。他从门里跑出来，睁大眼睛看着天空，好看到更多雨水。他好几次高高跳起，水花四溅，路过的人把他训了一顿。这时女士喊他，接着拉住他的手，不过他并没有哭。

拉班吓住了。不是已经很晚了吗？由于他的大衣与长袍都敞开着，他能迅速掏出他的表。表停了。他愠怒地向一个站在门廊深处的人问时间。那人正在和人谈笑，便带着笑意回答说："四点刚过。"然后又转过头去。

拉班迅速撑开他的伞，将手提箱提在手里。就在他想踏上街道的时候，路被几位行色匆匆的女人挡住了，他让女士们先行。这时，他低头看见一个少女的帽子，它是用染红的稻禾编织的，波浪形的帽檐上有个绿色的小花环。

他走到街上时，心里还想着刚才的画面。他走的路是个缓上坡，这时他忘了刚刚想的事，因为他得费劲爬坡，手提箱对于他来说并不轻。风朝他迎面吹来，吹起他的长袍，并从前方压着他的伞。

他深吸一口气。附近广场上的钟低沉地敲响了，四点一刻。他在伞底下看着轻巧的碎步迎面而来。刹了车的马车车轮嘎吱作响，越转越慢，马儿伸出细瘦的前腿，胆大如山中的羚羊。

这时拉班感觉到，自己将能熬过接下来漫长可怕的十四天。因为只有十四天，只是一段有限的时间，就算恼人之事越来越多，必须忍耐的时间却会越来越少。因此，勇气无疑会增长。所有想折磨自己且已经占据了周围空间的人，会随着这些日子的仁慈流逝而渐渐退去，无须丝毫帮助。结果自然是，我会是软弱沉默的，一切任凭摆布，但只要这些日子过去，一切就都会好起来。

此外，我不能像孩提时遇到危险时那样做了。我无须亲自去乡下，这并非必要。只需要把我穿好衣服的身体送过去就可以了。若这个穿好衣服的身体摇摇晃晃地从房间出去，这摇晃并不代表害怕，而是代表它的虚空。若它在楼梯上绊倒，哭哭啼啼地去乡下，在那里哭着吃晚餐，也不代表它心情充满波澜。因为在这期间我躺在我的床上，棕黄色的被子平整地盖住我，任凭风穿过微启的窗吹到身上。

我想，我躺在床上的形态是大甲虫、锹形虫或者金龟子。

他停在一个陈列橱窗前，潮湿的玻璃窗后面有一顶小小的绅士帽挂在小棍子上，他噘起嘴，眼睛往里面看。"我的帽子在度假时用还行，"他边想边继续走，"要是因为我的帽子而没有人喜欢我，那就更好了。"

一只巨大的甲虫，对。我装作自己是甲虫，好像在冬眠一样，把我小小的腿压在我鼓起的肚子上。我悄声说出一些话，那是给我不幸身体的指令——它弯腰站在我近旁。我很快就说完了，它鞠了一躬，随后匆匆离去，在我休息时，它会以最好的方式把一切做好。

它来到一扇敞开的圆形拱门前，门位于陡峭小巷的高处，通往一个小广场，广场周围是灯火通明的商店。四周的灯火让广场中央显得有些昏暗，那里有一座矮小的纪念碑，是一个在沉思的男子的坐像。行人好似细长的灯火遮光片，水洼将所有的光传递得又远又深，广场景象不停变化着。

拉班向广场深处前进，仓促地躲开熙来攘往的马车，在一块块干燥的石砖上跳跃，手高高举起撑开的伞，好看到周围的一切。直至来到一根路灯柱前，他才停下来——那是电车的候车站——灯柱立在一个四方形的小石礅上。

有人在乡下等我呢。他们会不会已经开始担心了？但是自从她去乡下后，我已经有一星期没有给她写信了，只有今早写了一封。这样一来，人们最后会把我想象成另一种模样。人们也许以为，我要跟人攀谈的时候会猛扑上去，但这并不是我的习惯，或者以为我抵达的时候会和人拥抱，但我并不喜欢这样。当我试图安慰他们时，会惹他们生气。要是我能够在试图安慰他们的时候真惹他们生气，那该有多好。

这时有一辆敞篷马车缓缓驶过，在两盏点燃的灯后面有两位女士坐在深色小皮椅上。其中一位女士往后靠着，她的脸被面纱与帽子的阴影遮住。另一位女士挺直了上半身，她小小的帽子四周嵌着细细的羽毛。人人都能看见她。她稍稍抿着下唇。

就在马车经过拉班的时候，一根杆子挡住马车右边马匹的视线，因此，头戴一顶硕大礼帽、坐在高高驾驶座上的马车夫被推到女士们面前——这时车已驶远了——马车兀自在一栋分外显眼的小屋前转弯，消失在人们的视线中。

拉班歪着头目送马车离去，把伞柄倚在肩上，好看得更清楚。他将右手大拇指塞进嘴里，用牙齿磨擦着。他的手提箱侧立在身边。

马车快速地从一条小巷穿过广场到另一条小巷，马匹的身躯像滑翔一样水平飞过，但它们的头与颈上下振动，可见动作的激烈与吃力。

在三条路交会的人行道边上站着许多无所事事的人，他们用小手杖敲打着石子路面。在这些人群间有几座小亭子，里面有年轻女孩在卖柠檬汽水，然后是挂在细杆上的沉重街钟，再就是前胸后背都挂着大牌子的男人们，牌子上用彩色的字母写着娱乐活动，接着是侍从，坐在淡黄色的椅子上，手持一份晚……（原稿此处缺一页）一小群人。两辆华贵的马车横穿广场，驶入下坡的小巷里。这群人当中有几位男士向后退了几步，然而在第二辆马车驶过之后，这些男士又回到了人群中——他们在第一辆马车驶过时便已小心地尝试过。这些男士与其他人排成长龙踏上人行道，一同拥进一家咖啡馆的大门，悬挂在入口处的灯照亮了他们仓促的身影。

电车车厢在近处昂扬驶过，其他车子则安静地停在远方的街道上，显得模糊不清。

"她的背真驼，"此刻看见照片时，拉班心想，"她的身体从未挺直过，也许她的背是圆的。我得好好注意。她的嘴如此宽，下唇无疑是往外凸的，对，我现

114

在想起来了。还有衣服。我当然一点儿也不懂衣服，但这些缝得太紧的袖子肯定很丑，看起来像绷带。还有帽子，帽檐从脸部向上翻起，每个地方弯曲的弧度都不一样。但她的眼睛很美，若我没有记错的话，她的眼睛是棕色的。所有人都说她的眼睛很美。"

此刻，一辆电车停在拉班面前，四周许多人开始拥向车厢台阶，紧贴着肩膀的手中拿着微微打开的、尖尖的雨伞。拉班将手提箱夹在手臂下，整个人被推下人行道，重重地踩进一个他没看见的水洼里。一个小孩跪在电车里的椅子上，两手的指尖压住嘴唇，仿佛在跟一个正要离去的人道别。一些乘客下了车后，得沿着车厢走几步才能躲开人潮。一位女士登上第一级台阶，她双手抓着裙摆提到膝盖上方。一位男士抓着车厢的一根黄铜杆，仰着头对那位女士说了些话。所有要上车的人都显得很不耐烦。售票员在大声喊叫。

拉班此刻站在等待的人群外围，他转过身，因为听见有人喊了他的名字。

"啊，雷蒙。"他慢吞吞地说，把撑伞的那只手的小指头伸向朝他走来的年轻人。

"这就是要去见新娘的新郎啊。他看来在热恋中。"雷蒙说，然后闭着嘴笑。

"是的，原谅我今天要启程。"拉班说，"下午我也写了信给你。我当然很乐意明天和你一起出发，但明天是星期六，到处人满为患，车程又长。"

"没关系。虽然你答应过我，但是人一旦热恋了——我也只得一个人去。"雷蒙一只脚踩在人行道上，另一只脚踩在石子路上，上半身的重心一下子落到这只脚上，又一下子落到另一只脚上，"你想搭电车吧？它刚刚开走。来，我们走路过去，我陪你。时间还够。"

"不是已经晚了吗？不用麻烦了。"

"难怪你会担心，但是你真的还有时间。我就是因为不着急，所以没赶上跟吉勒曼见面。"

"吉勒曼？他不是也要住到城外去吗？"

"是啊，他与他太太，下星期他们要出城，所以我才答应吉勒曼今天在他下班后见面。他想叮嘱我一些房屋布置的事，所以我得见见他。现在我却不知怎的迟到了，我刚刚去办事了。就在我考虑要不要去他们家的时候，我看见了你，起先对你的手提箱感到惊讶，然后叫住了你。现在已经很晚了，实在不宜拜访，根本不可能去吉勒曼家了。"

"当然，不过这么说，我在城外也有朋友了。此外，我还从来没见过吉勒曼太太呢。"

"她很美。她有一头金发，生了病后，现在显得苍白了。她有一双我见过的最美的眼睛。"

"请问，美丽的眼睛看起来是什么样子，美丽的不是眼睛本身，不是吗？是眼神吧？我从不觉得眼睛美丽。"

"好吧，也许我有些夸大。但她是个漂亮的女人。"

透过一楼的一家咖啡馆玻璃窗，可以看见窗边的一张三角桌旁，围坐着看报与用餐的男士们，其中一位将报纸放在桌上，手里举着一个小杯子，睁大眼睛用余光看着小巷。窗边小桌后面有一个大厅，里面的每件家具与用品都被围坐成小圈的客人用上了。他们弯着身子坐在大厅深处……（原稿此处缺一页）

"刚好这件事并不坏，不是吗？我想，很多人愿意把负担扛在自己身上。"

他们走到一个相当昏暗的广场。广场从他们之前走过的街道一侧开始，对面那一侧的地势继续升高。他们沿着广场继续走，那里有一长排房屋毗邻，在拐角处有两排起初相隔甚远的房屋，一路延伸到无法辨识的远方，仿佛在远方成为一体。多数小房子前的人行道都很窄，那里没有商店，也没有车辆驶过。在他们走来的那条小巷的尽头不远处，草地与树叶间有一个带有女像柱子装饰的铁架子，上面有几盏灯，固定在两个水平悬挂的圆环上。玻璃片嵌接在一起，宽大的顶盖像一座塔，中间的梯形火焰就像在一个小房间里燃烧，几步之外的地方依旧黑暗。

"现在肯定已经太晚了，你瞒着我，让我错过火车。为什么？"

……（原稿此处缺一页）

"是的，顶多是皮尔克侯弗，嗯，是他。"

"我想这个名字在贝蒂的信里出现过，他是铁路的试用职员，是不是？"

"对，铁路试用职员，令人讨厌的家伙。你要是见过他，就会认同我的话。我告诉你，要是和他一起穿过无聊的田野……不过他已经被调走了，我相信并且希望他下星期就会离开那里。"

"等等，你之前说，你建议我今晚留在这里，我考虑过了，这样恐怕行不通。我已经写了信说我今晚过去，他们会等我。"

"这很简单，你去发一封电报。"

"没错，这样也行——不过，我不走也不好——而且我也累了，我还是走吧——要是发了电报，他们会吓一跳——何必要这样，我们又能去哪里？"

"这样的话，你还真是走了比较好——我只是想想罢了——而且我今天不能跟你一起走，因为我困了，这点忘了告诉你。我也要跟你道别了，因为我不想陪你穿过这座湿漉漉的公园，因为我还想去吉勒曼家看看。现在差一刻钟到六点，还可以拜访一下好朋友。那么，再会了，祝你旅途愉快，帮我向大家问好。"

雷蒙转身向右，伸出右手道别，这样一来，有那么一瞬，他得朝着与伸出手臂相反的方向走。

"再会！"拉班说。

雷蒙在不远处喊道："嘿，爱德华，听得见我说话吗？刚才没跟你说，收起你的伞吧，雨早就停了。"

拉班没有回答，他收起雨伞，头顶的天空苍白阴郁。

拉班心想，要是我搭错了火车该多好。那样我就会觉得自己已经开始行动，等我之后把误会弄清楚，再返回这个车站时，我的心里就会舒服些。若是那个地方果真像雷蒙说的那样无聊，那绝对也不坏。这样一来，人们倒是可以多待在房间里，而且肯定不会知道其他人在哪里，因为附近有座废墟，大家可以结伴散步过去，而且肯定是提前约好的。大家会很高兴地期待，因此不可以错过。要是没有这样的风景名胜，事前也就不会讨论，因为人们预料到，大家要聚在一起很容易，若是有人突然一反常态地认为一趟远程郊游很不错，只需要派女仆到其他人家里去，那些人正在家中读信、写信或者读书，他们听到这个消息会很开心。此时，要拒绝这样的邀请保护自己并不难，但我并不知道自己能不能做到，因为这并不如我所想的那样容易，因为我还是一个人，什么事都可以做。只要我想，我还可以回去，因为那里没有我随时可以拜访的对象，也没有人可以跟我一起去参加累死人的郊游，让我看他的庄稼长得如何，或者让我看他在那里经营的采石场。即使是相识已久的人也不一定有把握。雷蒙今天不是对我很友善吗？他对我解释了一些事，描述得像展现在我面前一样。他跟我攀谈，然后陪我，尽管他一点儿也不想知道我的事，而他自己也有其他事要忙。现在他却突然离去，而我没有说出任何一句伤害他的话。虽然我拒绝在城里过夜，但这是很自然的事，不会冒犯到他，因为他是个理智的人。

火车站的时钟响了，距离六点还有一刻钟。拉班站定不动，因为他感到心在跳，然后他快步沿着公园水池走到大灌木丛间一条照明很差的窄路，闯入了一个广场，广场上有许多空椅靠在小树前。然后，他慢慢穿过一个栅栏的开口来到街上，穿过大街，跃进火车站的大门，不一会儿便找到售票窗口。他敲了敲铁窗，一个职员从里面望出来，说他来得正是时候。他收下钞票，大声地将车票与找的零钱丢到窗台的板子上。拉班本想快速清点一下找的零钱，因为他觉得钱一定多找了，但是被一名在附近走动的服务员推进玻璃门，来到了月台上。拉班一边在那里四处张望，一边向服务员喊："谢谢，谢谢！"由于他没有找到检票员，便独自登上最近的一个车厢阶梯。他总是先把手提箱放在较高的阶梯上，然后再爬上去，一只手撑着伞，一只手提着手提箱。他登上的这节车厢被他刚才待过的车站大厅的灯光照得通明。所有玻璃窗都被拉高关上了，在有些玻璃窗前能看见挂着一盏嗞嗞作响的弧光灯。车窗上许多泛白的雨滴，不时会各自往下淌。即便拉班关上了车门，坐在浅棕色长椅的最后一个空位上，他还是听见了从月台上传来的嘈杂声。他看见许多人的脊背与后脑勺，其间总是看见对座一张张往后靠的脸。一些座位上方盘绕着烟斗与香烟的烟雾，时而有少女软软的脸庞掠过。时常有乘客彼此商量着调换座位，或者从长椅上面的蓝色细长网套中取出行李，移到另一个位置的网套里。要是有手杖或是皮箱包的铁角凸出来，便会有人告知物主。他会走过去，把东西重新整理好。拉班想了想，索性将他的手提箱塞到自己的座位底下。

在他左边靠窗的座位上，有两个男人面对面坐着，正在讨论商品价格。"商务旅行者。"拉班心想，他均匀地呼吸，眼睛望着他们。他们听从商人的派遣，搭乘火车到乡下去，拜访每一个村庄的商店。有时他们乘马车前往下一座村庄。他们不必在任何一处久留，因为一切都应该迅速处理，而他们只谈论商品。为这样自由自在的工作努力，该有多开心啊！

两个男人当中年轻的那位从后面的裤袋里用力抽出一个笔记本，用舌头沾湿了食指，快速翻阅，然后翻到其中一页，一边读，一边用指腹沿着字句往下移动。他抬起头时便望着拉班，谈到棉线价格时，他的视线仍停留在拉班的脸上，就像人定定地注视某处，以免忘记自己想要说的话。望着拉班时他皱起了眉。他的左手持着半开的笔记本，拇指压着读过的那一页，以便在需要时翻找。笔记本在抖动，因为他的手臂没有可以撑的地方，而行驶中的车就像锤子一样敲击着铁轨。

另一位旅行者靠在椅背上聆听着，间或点点头。看得出来，他并非全然同意对方说的话，稍后肯定会发表自己的意见。

拉班把握成空拳的手掌放在膝盖上，身体向前倾，看着两位旅行者脑袋之间的窗户，看见掠过窗口与飞到远处的灯火。旅行者说的话他一句也听不懂，另一位的回答他也听不懂。若要听懂得好好准备一番，因为这些人从年轻时便开始与商品打交道。手里要是常常拿着线轴，又常常递给顾客，他就会知道价格，并且能谈论价格。他们谈论着价格，此时一个个村庄迎面而来又匆匆离去，转进乡野深处，消失在我们眼前。这些村庄是有人居住的，也许那里也有商务旅行者正在拜访一家又一家商店。

在车厢另一头的角落里，有个高个子男人站了起来，手里握着纸牌喊道："嘿，玛丽，那件薄织衬衫也带上了吗？""当然啦。"坐在拉班对面的女人说。她刚刚睡了一下，当男人的问话把她唤醒时，她就喃喃地答了一句，仿佛在对着拉班说话。"您要去容本茨劳的市集，是吗？"那位活泼的旅行者问她。"是的，去容本茨劳。""这次的市集很大，是不是？""是啊，很大的市集。"她睡眼惺忪，左边的手肘撑在一个蓝色包裹上，头重重地抵着手，把脸颊的肉都挤到颧骨上去了。"她多年轻啊！"旅行者说。

拉班从背心口袋里掏出售票员找给他的钱，开始清点。他用食指与拇指垂直捏紧每一枚硬币，还用食指指尖让硬币在拇指内侧来回转动。他久久地注视着硬币上的皇帝像，接着注意到那顶桂冠，好奇它是如何用丝带扣与蝴蝶结固定在皇帝脑后的。最后他确定数目正确，便把钱放进一个黑色的大钱包。他正想要跟旅行者说："这是一对夫妻，您说是吗？"火车就停了，行驶的噪声停了，列车员喊着某个地名，拉班没有说话。

火车又非常缓慢地开动了，人们可以想象轮子是怎样转动的，但是很快，火车便疾速驶向低地，一座桥的长长的栏杆冷不防出现在窗前，时而被拉开，时而又被挤压在一起。

拉班喜欢火车疾驰的样子，因为他不愿意在上一个地方停留。那里那么黑，一个认识的人都没有，离家又远。那里的白天一定非常可怕。下一站，或者前面几站或后面几站，或者我要前往的那个村庄，那些地方会不会别有一番景致？

旅行者突然提高音量谈话。路程还很远，拉班心想。"先生，您跟我一样清楚，这些工厂老板派人去最小的地方出差，对那些最卑鄙的小商贩卑躬屈膝，您以为他们给的价钱会比我们这些大商人更好吗？先生，让我告诉您，价钱完全一样，昨天我才白纸黑字地看见过。我称之为无耻。我们被压榨了，在今天这种情况下，我们根本不可能做生意。我们被压榨了。"他再度看着拉班，他眼中有泪却不觉得难为情。他把左手指关节压在嘴上，因为他的嘴唇在颤抖。拉班身体往后靠，左手轻抚着胡子。

对面的女商贩醒了，她笑着用双手摸摸额头。旅行者说话小声了些。那女人再次挪动身体，打算继续睡，她半倚在包裹上叹了一口气。她右边臀部的裙子绷得紧紧的。

她后面坐着一位头戴旅行帽的男士，埋首阅读一份巨大的报纸。坐在他对面的少女也许是他的亲戚，她请求他打开窗子，因为天气非常热，她说话时把头往右肩上歪了一下。他头也没抬地说马上就开，但得先把报纸上的这一段读完，并给她指出他要看的是哪一段。

女商贩无法再入睡，她坐直了身体，往窗外望去，久久地注视着车厢顶上煤油灯里的黄色火焰。拉班闭目半晌。

他睁开眼时，女商贩正在咬一块涂满棕色果酱的蛋糕。她身旁的包裹打开了。旅行者默默地抽着雪茄，并不断地掸去烟头上的灰。另一位用刀尖在一只怀表的齿轮上刮来刮去，弄得人人都能听见那种刮擦声。

拉班的眼睛快要闭上了，却依稀看见那位戴旅行帽的男士在拉车窗。冰冷的风灌进来，一顶草帽从挂钩上掉落。拉班以为自己醒了，所以脸颊才会这么凉爽，或许是有人打开了门，将他拉进房间，或者是他不知怎的搞错了，很快，他就又睡着了。

拉班踩着车厢台阶下车时，台阶还在微微摇晃。

他的脸离开了车厢里的空气，雨水打在脸上，他闭上眼睛。雨水滴滴答答地打落在车站建筑前的铁皮屋顶上，远方田野的落雨声，却让人觉得仿佛听到了阵阵风声。一个赤脚的男孩奔过来——拉班没有看见他是从哪里来的——他上气不接下气地请求拉班让他扛手提箱，因为在下雨，但是拉班说，对，是在下雨，所以他要搭公交车。他不需要男孩帮忙。男孩做了一个鬼脸，仿佛觉得在雨中行走并让人帮忙扛行李要比搭车体面多了，他马上转身跑开了。拉班想叫住他，却已来不及。

两盏灯亮着，一名站务员从一扇门里走出来。他毫不迟疑地顶着雨水走向火车头，双臂交叉，静静地站在那里，直到火车驾驶员从栏杆上探出头来和他说话。一名服务员被叫过来，然后又被差遣回去。有些车窗边站着乘客，由于他们看到的只是一栋寻常的车站建筑，因而显得神色黯淡，眼皮与在火车行驶时一样贴在一起。一个从乡间小路赶来的女孩撑着一把花朵图案的雨伞，匆匆上了月台，先将撑开的伞放在地上，接着坐下来又叉开双腿，好让裙子快点干，并用指尖拨着撑开的裙子。只有两盏灯亮着，所以看不清楚她的脸。经过的服务员抱怨伞底下形成的水洼，在她面前把手臂围成圈，比画着水洼的大小，然后双手一前一后在空中挥舞，像是往深处潜水的鱼，想清楚地表明这把伞挡了道。

火车开动，像一扇长推拉门一样消失了。铁轨另一侧的白杨树后面是一大片令人喘不过气的地带。那里是一片漆黑还是一片森林？是一方池塘还是一栋已有人安睡的房屋？是一座教堂塔楼还是山丘之间的深谷？无人敢上前去，但又有谁能够克制住自己呢？

拉班又瞥见站务员——他已经走到他办公室的台阶前——便奔到站务员面前拦住他："不好意思，去村庄远不远？我要去那里。"

"不远，一刻钟的时间，不过现在下着雨，搭公交车的话五分钟就到了。"

"下雨了。这不是个美好的春天。"拉班接着说。

站务员右手叉着腰，身体与手臂形成了一个三角形，拉班透过三角形看见那个女孩坐在长椅上，已经把伞收起来了。

"现在若有人前往避暑地并且待在那里，他可要后悔了。我原本以为会有人来接我。"他四处张望，好让他的话显得真实可信。

"我担心您会错过公交车。车子不会等太久。不必谢我。往树丛间的那条路走过去就是了。"

火车站前的街道没有照明，仅有大楼一层的三扇窗户透出昏暗的光线，照不到远处。拉班踮起脚尖走过泥泞的路面，一连喊了好几声"车夫""哈啰""公交车""我在这里"。在黑暗的街边有一连好几个水洼，他只得整个脚掌踩进去继续前进，直到一匹马的（湿凉）鼻子忽然碰上他的额头。这就是公交车。他快速登上空荡荡的车厢，在马车车夫座位后方的玻璃窗前坐下，身体缩在角落里，因为一切该做的事都做了，因为车夫睡着了。他在天亮前会醒来，要是他死了，会来一个新的车夫，或者店主；要是这都没发生，那么早班火车会载乘客过来，带来行色匆匆、吵闹喧哗的人。无论如何，现在可以静一静了，自己把窗帘拉起来，等待车子启程那一刻的晃动。

是的，在我做了这么多事情之后，明天肯定会到贝蒂与母亲那里，谁也阻挡不了。这是对的，也可以想见我的信明天才会到，我原本可以好好待在城里，在艾维家舒服地过一夜，无须因为担忧隔天的工作而扫兴。可是，看哪，我的脚湿了。

他从背心口袋里掏出一截蜡烛头，点燃它，把它放在对面的长椅上。烛火够亮，外面一片漆黑，让人以为内壁粉刷成黑色的公交车好像没有窗户。不必立刻去想地板底下有轮子，前面还有套好缰绳的马。

拉班坐在长椅上把脚仔细擦干净，穿上干净的袜子，然后坐正。他听见有人从车站那边喊"嘿"，接着又说，要是有乘客在车上请回答一声。

"有，有，他想现在就出发。"拉班从打开的车门探出身子，右手紧紧抓着柱子，左手张开放在嘴巴附近回答。雨水打在他的衣领上，灌进他的脖子里。

车夫走过来，身上裹着两个剪开的袋子，灯的反光在他脚底下的水洼里跳跃。他闷闷不乐地开始解释：听好，他在跟雷贝达玩牌，当火车抵达的时候，他们正在兴头上，所以那时根本不可能跑出来看，但他不想责骂搞不清楚状况的人。此外，这地方脏得要命，他看不出来这样一位先生要在这里做什么，而且他很快就上车了，所以也没什么好抱怨的。刚刚皮尔克侯弗先生——抱歉，是助理先生——进来说，有个金发矮个子想要搭车。你看他马上就来问了，但他也许没有立刻就来问。

车灯被固定在车辕上，马沉闷地叫了一声，拉动车子，车顶上被晃动的水沿着裂缝慢慢滴进车内。

路可能崎岖不平，泥浆一定会溅到车轮上。滚动的车轮激起水洼中的水，水呈扇形哗啦啦地往后飞溅，车夫大多数时候都不会拉紧缰绳。这一切不都是在责备拉班吗？许多水洼在不期然间被车辕上晃动的灯照亮，被马蹄踩过，在车轮底下化为细小的波浪。这一切会发生，都是因为拉班要去见他的新娘贝蒂，一个漂亮的老姑娘。若是有人谈论此事，谁会赞许拉班的贡献？他的贡献只在于他忍受了那些无人会公开对他做的谴责。当然他喜欢这么做，贝蒂是他的新娘，他爱她，她若是因此而感谢他，那才令人恶心呢，但贝蒂还是会这样做的。他的头时常不由自主地撞上倚靠着的车厢壁，然后会抬起头看看车顶。他的右手放在大腿上，有一次却滑了下来，手肘却还停在腹部与大腿之间。

公交车在房舍间穿梭，车厢内偶尔会射入某个房间的光。车子从通往一座教堂的台阶前驶过，拉班得站起来才能看得见前面的几级台阶。一盏灯在公园门口绽放炽烈的火焰，一尊圣像在杂货铺的灯光下只显出它黑黑的影子。此刻，拉班看着燃尽的蜡烛，流出来的蜡油已经凝固，从椅子上垂挂下来。

当车子停在客栈前，耳边听得见暴雨的声音——也许有一扇窗还开着——也听得见宾客的声音，这时，拉班问自己，是马上下车呢，还是等客栈老板到车前来？他不知道这座小城的习俗，但贝蒂肯定已经跟人谈过她的新郎，他的亮相是出色还是差劲，会影响到她在这里的声誉，他自己的声誉也同样会受到影响。可是，他既不知道她现在声誉如何，也不知道她是怎么跟别人说他的，事情因此变得尴尬，也变得棘手了。美丽的城市，美丽的归途。那里若是下雨，人们就搭电车穿过湿漉漉的石子路回家，在这里却要搭马车穿过泥泞来到一间客栈。——城市离这里很遥远，就算我现在想家想得要命，今天也没有人可以送我回家了。——我不会死的——但是在那里，桌上会摆着为今晚准备的菜肴，餐盘右边摆着报纸，左边放着桌灯，我会得到一顿油腻丰盛的大餐——他们不知道我的胃不好，要是他们能知道，那该有多好——一份外地的报纸，许多我听说过的人会在场，还有一盏灯把大家照亮。那会是怎样的光呢？光线足够打牌，但是读报呢？

客栈老板没有来，他不重视客人，他也许不是个友善的人。或者他知道我是贝蒂的新郎，这就是他不来接我的理由，这样马车车夫让我在车站等那么久也就说得通了。贝蒂常说，她老是被爱调戏人的男人欺负，总得拒绝他们的纠缠，也许在这里也一样。

B 稿　Fassung B

　　爱德华·拉班穿过门廊，来到敞开的门前，在这里可以看见外面的雨势。此时正下着小雨。

　　他眼前的人行道不高不低，尽管下着雨，依然有许多行人。有时会有人走出来横穿车道。

　　一个小女孩伸出双臂，捧着一只灰色的狗。两位男士在针对某件事彼此交换信息，他们有时会转过身体完全面对面，然后又慢慢转回去，让人联想起在风中开合的门。其中一位双手掌心朝上匀速移动，仿佛在托着重物，并测量它的重量。然后，可以看见一位苗条的女士，她的脸微微抽动着，犹如星光在闪烁，扁平的帽子上装饰了许多无法辨识的东西，一直高高地堆到帽檐处。在无意中，她的出现让所有经过的人都觉得奇特，像是某种法则起了作用。一名年轻人挂着细细的手杖匆匆经过，他的左手仿佛瘫痪了一样平放在胸前。许多人在赶着上班，尽管他们走得快，人们看着他们的时间却比看其他人的时间还长。他们一会儿在人行道上走，一会儿下去走，他们的大衣不合身，但他们并不在意自己的举止，任由别人撞上自己，或者撞上别人。三位男士——其中两位把薄大衣挂在弯起的手臂上——从屋墙走到人行道边上，好探看车道与对面人行道上的动静。

从行人彼此间的缝隙中可以看见车道上铺着整齐的石子，视线有时一闪而过，有时畅通无阻。路上的车子随着轮子摇晃，伸长脖子的马儿快速地拉着车前进。倚在软垫座位上的人默默注视着行人、商店、阳台与天空。如果有一辆马车要超车，马儿会挤在一起，悬挂的缰绳摇来晃去。牲口拉着车辕，赶路的车子剧烈摇晃，直到前方的马车完成超车弧度，马儿才又分开来，剩下细瘦的头依偎在一起。

一位上了年纪的男士快步来到门前，在干燥的马赛克地面上停下脚步，转过身，然后看着被挤进这条窄巷的雨纷乱落下。

拉班放下缝了黑布的手提箱，稍微弯下右腿膝盖。

雨水已在车道边汇成水流，向低处的下水道涌去。

拉班微微倚在一扇木门上，一位上了年纪的男士随意站在拉班附近，尽管需要大幅度扭头，他仍不断地往拉班那边看。不过，他这么做很自然，因为他刚巧无事可做，起码可以仔细观察周围的环境。这样毫无目的地来回张望，后果便是很多东西都没注意到。好比他没有发现拉班的唇色非常苍白，不亚于他身上那条褪了色的红领带，领带上的摩尔式花样曾经很显眼。要是他注意到了，肯定会在内心深处发出一声喊叫，但这么做也不恰当，因为拉班向来苍白，尽管近来某些事情使得他特别疲惫。

"这是什么天气啊？"那位男士轻声说，他意识清楚地摇头，却显得有些老态龙钟。

"是啊，是啊，还是在人要出门的时候。"拉班说着，赶快挺起身子。

"这天气不会变好的。"男士说着，为了在最后一刻把一切都审视一遍，他往巷子里探头，先看看坡上，再看看坡下，然后望向天空，"这天气可能会持续好几天，也可能好几周。我记得，六月与七月初预报的天气也不好。这样让人高兴不起来，比如我就得放弃散步，然而散步对我的健康格外重要。"

接着，他打了个哈欠，显得很疲倦，因为他听见了拉班的声音，他忙着谈这件事，对其他事物都不感兴趣，甚至连谈话也不感兴趣。

这给了拉班相当深刻的印象，毕竟是那位男士先攀谈的，他才试着自吹自擂了一番，即使对方没有察觉到。"没错，"他说，"在城里大可以放弃对健康不利的事。要是不放弃，后果不好只能怪自己。人们会后悔，然后才会明白下次该怎么做。要是已经在某些……（原稿此处缺一页）

"我没有任何意思。完全没有任何意思。"拉班连忙说，似是要为男士的心不在焉而道歉，因为他还想要自我夸耀一番，"一切都出自我之前提到的那本书。前阵子的晚上，我正巧跟其他人一样在读这本书。我多数时间都独自生活。家庭状况就是如此。不过除此之外，晚餐后我最喜欢读一本好书，向来如此。最近我在一份小册子当中读到摘录自某位作家的话：'一本好书是最好的朋友。'这千真万确，就是这样，一本好书是最好的朋友。"

"是的，要是年轻的话——"那位男士说。他这么说并没有特别的意思，只是想借此说下雨了，雨会越下越大，一点儿也不想停的样子。不过在拉班听来，却以为这位六十岁的男士还觉得自己青春正盛，不把三十岁的拉班放在眼里，此外，如果允许的话他还想说，他三十岁时可比拉班理智多了。他认为，就算一个人无所事事，比如像他这样一位老人，站在门廊这里观雨就是在浪费时间；若是还用闲聊来打发时间，那就是浪费了双倍的时间。

此时拉班认为，一直以来，其他人怎么谈论他的能力或想法，他都不为所动；更确切地说，刚刚正式离开了那个他唯命是从的地方，所以大家无论是说他好话还是坏话，再怎么说也是空谈。因此他说："我们谈论的不是同一回事，因为您连等我说话的耐心都没有。"

"请说，请说。"男士说。

"也没有那么重要，"拉班说，"我只想说，书在各种意义上都是有用的，特别是在人们意料不到的时候。因为若是打算做一件事情，那么，内容与这件事情完全无关的书往往是最有用的。对，最有用的。因为有意做这件事的读者不知怎的激动起来（即使严格来说，是书本的作用促使他激动起来），他被书本激发出许多与这件事情有关的想法。我想说的是，由于书本内容正好完全无关紧要，才使读者的想法不会受到阻碍，读书时脑中会带着那些想法，就像从前犹太人渡过红海时那样。"

现在拉班不太喜欢老先生整个人的样子。他觉得似乎离他特别近——却只是没有意义的……（原稿此处缺一页）报纸也是。——但我还想说，我只是去乡下，去十四天，让自己休个假，很长时间以来第一次休假，这本来也是必要的。尽管如此，譬如刚刚提到我最近读过的一本书，就这趟短途旅行而言，它能给予我的教益远超您的想象。"

"我在听。"那位男士说。拉班不说话了，他直挺挺地站着，双手插进位置有点儿高的大衣口袋里。

过了一会儿，老先生才说："这趟旅行对于您来说似乎特别重要。"

"您看，您看。"拉班说，又把身体靠在门上。现在他才看到通道里挤满了人。他们甚至站在屋门的台阶前，一名公务员——和拉班一样在同一位女房东那里租了房间——要下楼时还得拜托大家让路。他隔着几个人的脑袋，对着拉班喊"旅途愉快"，使得大家都转头去看拉班。拉班用手指了指外面的雨，公务员再次申明之前给过的承诺，下一个星期天他一定会去拜访拉班。

……（原稿此处缺一页）

拥有一份舒适的工作，而且他也很满意，这份工作一直在等着他。他是那么有毅力，内心无比快乐，所以无须任何人来给自己解闷，但所有人都需要他。

他一直很健康。啊，您不说话了！"

"我才不吵架。"那位男士说。

"您不吵架，但也不承认您错了，您为何在这上面坚持呢？如果您现在还记得很清楚，我打赌，若您与他谈话，您会把一切都忘了。您会责备我没有好好反驳您。如果他只谈论一本书，他会立刻迷上所有美丽的事物。"

C 稿　Fassung C

爱德华·拉班身穿蓝灰色的大衣，穿过门廊来到敞开的门前，他可以看见外面的雨势。雨下得不大。

拉班看着附近高高的塔楼上的时钟，塔楼位于一条地势较低的巷子里，固定在上面的小旗子有一瞬间被吹到了时钟前面。一群小鸟飞下来，紧密连在一起，然后又飞散开。时间刚刚过五点。

拉班放下缝有黑布的手提箱，让雨伞倚在门边的石头上，拿出怀表与塔楼的时钟对时间。这是一只女表，系在一根挂在他脖子上的黑色细带上。他数次来回望着两个钟表。他不可开交地忙了一阵，一张脸时而垂下，时而抬起，丝毫不去想这世界上的其他事情。

最后他收起表，高兴地舔了舔嘴唇，因为他的时间还够，无须冒雨上路。

就在他面前不高不低的人行道上，还有许多人在行走，他们要么三五成群地沿着房屋走，要么头顶撑着伞，彼此间保持着距离。一个小女孩伸出双臂，捧着一只灰色的狗，小狗的眼睛望向女孩的脸。

两位男士彼此互通着消息，身上的大衣随风飞动。有时他们会转过身完全面对面，其中一位双手掌心朝上匀速移动——手指保持不动——仿佛在托着重物，并掂量着它的重量。

然后，可以看见一位苗条的女士，她的脸微微抽动，犹如星光在闪烁。扁平的帽子上装饰着许多分辨不清的东西，一直高高地堆到帽檐处。在无意中，她的出现让所有经过的人都觉得奇特，像是某种法则起了作用。

一个挂着细手杖的年轻人匆匆经过，他的左手仿佛瘫痪了一样平放在胸前。许多人在赶着上班，尽管他们步履匆忙，人们看他们的时间却比看其他人的时间还长。他们一会儿在人行道上走，一会儿像从马车踏板上跃下来似的，来到车道上继续走。他们四处挤，不给任何人让路，因此常常被人撞，或者撞上别人。

拉班看见认识的人，打了几次招呼，一次想与人攀谈，但是对方没有察觉，就这么擦肩而过，匆忙的脚步依旧。

三位男士——其中两位把薄大衣挂在弯起的手臂上，分别站在一位高大的白胡子男士的两旁——从屋墙边走到人行道边上，好探看车道与对面人行道上的动静。

一个小孩被一位女家庭教师牵着小步跑过，另一只手往外伸着，每个人都可以看到他的帽子是由染红的稻禾编织的，波浪形的帽檐上有个绿色的小花环。

拉班双手指着那顶帽子给站在他身旁的一位老先生看，老先生也在廊道里躲雨。雨被变化无常的风吹着，一会儿倾盆而下，一会儿又变成绵绵细雨，寂寥地飘落。

拉班笑了。孩子怎么打扮都讨喜，他喜欢孩子。好吧，要是你很少看见他们聚在一起，这也不稀奇。他很少与孩子打交道。

老先生也笑了。那位女家庭教师应该没这样快乐过。人要是老了，也就不容易立刻兴奋起来。人在年轻时有热情，到年老时才会明白，这并不会带来益处，因此人们甚至（原文终止于此）

乡村教师（1914—1915）
Der Dorfschullehrer

那些只要看见一只寻常不过的小鼹鼠便觉恶心的人，要是看见了几年前在一个小村子附近发现的那只巨鼹，也许会因为感到恶心而死掉，我便属于这一类人，而这个小村子也因此曾经名噪一时。不过，如今这个村子早已变得默默无闻，因为整个现象的来龙去脉完全未被厘清，即便有所尝试，也只是敷衍而已。责无旁贷地去关心这件事的诸君，实际上却在殚精竭虑地关照其他更无关紧要的小事，他们对此事表现出令人匪夷所思的疏忽，导致这一现象在未经仔细调查的情况下被人遗忘。村庄位置远离铁路线，但这无论如何都不能成为他们疏忽的理由。许多人因为好奇而从远方，甚至从国外来，唯独那些不该只是展现好奇心的人没有来。是啊，要不是几个非常普通的人，那些忙于日常工作、几乎没有喘息机会的人，要不是那些人无私地关心这件事，这个现象的传闻也许根本不会传到邻近地区。必须承认，就算是挡不住的传闻，在这种情况下也传得很慢，要不是有人刻意操纵，它就不会四处流传。但这肯定也不是不关心这件事的理由，相反，这个现象依然需要调查。然而，人们却将事件唯一的书面工作委派给一位年迈的乡村教师，虽然他在他的职业领域中很杰出，但是他的专业知识与能力有限，无法写出一份详细且可以使用的报告，更别说给出一个解释了。那份报告被印成小册子，售给不少当时来村子的访客，而且也得到了一些好评，但是教师清楚地认识到，得不到任何人支持的个人努力基本上毫无价值。若是他依旧不松懈，就算这件事在本质上会年复一年地令人绝望，他依然把它当作人生志业，一方面证明了这个现象的影响力有多大，另一方面证明了一位不受重视的、年迈的乡村教师身上存在着何等的毅力，有多么忠于自己的信念。然而，一些权威人士却排斥他，使他饱受其苦，他将这件事记录在小册子的后记里，不过是在几年后才附上的，那时也不再有人记得那是怎么一回事了。在这篇后记当中，他运用真诚而非文字技巧，表达出他没有得到在他人身上能获得的最起码的理解，这份抱怨很具有说服力。关于这些人，他一针见血地指出："不是我，他们说话的样子才像年迈的乡村教师。"此外，他引用了一位学者的话，他曾经为自己的事情特地拜访过他。这位学者的名字没有被提及，但是从各种旁枝末节可以猜出他是谁。教师在数周前便与这位学者联系，大费周章，终于获准前往拜访，然而在见面寒暄时，他发现这位学者对他的志业有无法克服的成见。教师根据小册子做出长长的报告，学者心不在焉地听着，这点从他故作思考之后所下的评论可以看出。"当然有各种鼹鼠，大的小的。它们生活的区域里的泥土特别黑、特别重，为鼹鼠提供了特别丰富的养分，因而它们才大得出奇。"教师喊道："但也没有那么大！"他在气愤当中有些夸张地在墙上比画出两米的长度。学者回答："就是这么大！"他显然觉得整件事情非常好笑："怎么没有？"教师便带着这份答复回去了。他描述那天晚上他的妻子与六个孩子是如何冒着雪在乡间小路上等他，而他又如何不得不向他们承认，自己的希望就此永远破灭了。

当我读到学者对待教师的态度时，我还不晓得教师写在手册中的正文内容。但我当即决定亲自搜集整理该事件的所有资料。我不能教训那位学者，不过我至少该写篇文章替那位教师辩护，或者说得更确切些，不完全是为了教师，而是为了一个真诚却没有影响力的人的好意做辩护。

我承认后来我后悔做了这个决定，因为我很快察觉到，执行这项决定势必把我置入一种特殊的处境。一方面，我的影响力远远不足以改变那位学者或公众的意见，使情势变得对那位教师有利；另一方面，教师势必会注意到，我主要是为了他的正直辩护，而非为了他证明巨鼹现象的这一主要意图而辩护，而他会觉得自己的正直理当不需要辩护。事情势必会演变成我想要与教师联合起来，却得不到他的理解，也许我还需要一名助手来帮忙，但这个人也许永远不会出现。此外，因为这个决定，我让自己担负起一项重大的工作。要是我想说服别人，就不能以那位教师的话为依据，因为那些话没能说服过任何人。理解他的文章只会使我迷惑，因此在我的工作完成之前我得避免去读它。是的，我甚至不曾与这位教师联系。不过他通过中间人还是知道了我在调查，只是他不晓得我是与他意见一致还是反对他。是的，他猜测的似乎是后者，因为我有证据证明他一路曾给我设下了重重阻碍，即便他后来否认了。他要阻碍我非常容易，因为我被迫重复做他做过的所有调查，因此他总能抢先我一步。不过，这是对我的方法可做出的唯一合理的指责了，而且是避免不了的指责。但是通过我的小心谨慎，也就是我结论中的自我否定，这样的指责也被驳倒了。

此外，我的文章没有受到那位教师的影响，也许我在这一点上表现得太过尴尬，仿佛从来没有人调查过这件事，仿佛我是第一个向目击者与听闻过这件事的证人问讯的人，是第一个整理这些陈述的人，是第一个得出结论的人。我后来读了那位教师的文章——有个非常拖泥带水的标题：一只如此巨大而无人见过的鼹鼠——我确实认为我们在几个基本问题上意见并不一致，但是我们都相信最主要的那件事，也就是已证明鼹鼠是存在的。即便如此，我期待与教师建立起友谊，但那些个别分歧还是阻碍了我们之间的关系。他对我产生了某种敌意。虽然他总是对我谦虚恭顺，但他的真实想法也因此可以更清楚地被察觉到。他认为我完全害了他与他的事业，而我以为自己帮了他，或者能够帮他，这说得好听点是天真的想法，其实是种狂妄或者诡计。尤其是他多次指出，对至今所有的对手从来没有表现出敌意，只有在两人单独相处时，或只在口头上表示过，而我却认为有必要将我揭露的事情立刻刊印。此外，那寥寥几位对手真的对这件事有所研究，即便只是肤浅的研究，他们至少在发表意见前会听取教师的意见，也就是这件事的权威意见，我却没有系统地搜集资料，甚至部分资料还有误，并从中得出结论，即便在主要问题上是正确的，但无法取信于大众与受过教育的人。对于这件事来说，哪怕只有一丁点儿不可信的迹象，也会产生十分严重的后果。

我本来可以轻易地回应这些委婉的指责，例如，他写的文章才最令人难以置信，要对付他其他方面的疑心却没有那么容易，这就是我对他的整体态度非常克制的原因。他私下认为我要夺走他身为第一个鼹鼠公开代言人的荣誉。如今他这个人并无荣誉可言，只剩下笑柄，而且是个越来越小的圈子里的笑柄，我才不会跟他争夺。此外，我在我文章的导言里清楚地解释过，这位教师永远会被视为鼹鼠的发现者——但他从来就不是发现者——我撰写这篇文章，仅仅是出于同情这位教师的命运。"本文的目的是，"——我如此慷慨激昂地作总结，也符合我当时的激动心情——"帮助这位教师的文章得到应有的传播。若能够达到这个目的，我这暂时且只在表面上与这件事牵连的名字应当立即删除。"我就是要拒绝与这件事产生较大的关联，仿佛我那时候就已经不知怎的预感到，那位教师会不近情理地指责我。尽管如此，他恰好在这一点上找到了攻击我的把柄，我不否认在他所说的话或他所暗示的话里，含有一丝看似合理的线索，一如我好几次注意到的那样，他在某些方面针对我的态度比在他的文章中表现得更尖锐。他坚称我的导言是虚伪之词。要是我真想传播他的文章，为何不专门研究他与他的文章？为何不指出文章的优点、立论确凿之处？为何没有专注于强调这项发现的意义、让人理解这件事？为何我着眼于巨鼹的发现本身，却完全忽视他的文章？这发现不是已在眼前了吗？在这方面还有哪些事情没做到吗？要是我真的认为必须重新发现，为何在导言中那么郑重其事地宣布不与这项发现有任何牵连？这其中可能有虚伪的谦虚，而且令人生气。我贬低这项发现，我注意它的目的只是要贬低它，我研究过它又将它搁置一旁，这件事的风波也许原已稍稍平息，现在又被我吵热起来，还让教师的处境比以往更艰难。为教师的正直辩护，对他有什么意义？

　　他关注这件事，只关注这件事。我却因为不理解而出卖了这件事，因为我错估了它，因为我对它没有任何感受。这件事情远远超出了我的理解。他坐在我面前，布满皱纹的苍老面容静静地看着我，这才是他的看法。尽管说他只关注这件事也不对，他甚至有很重的虚荣心，还想赚点儿钱，考虑到他的家庭成员众多，一切便可以理解。尽管如此，他认为我对这件事的兴趣与他的兴趣相较简直微不足道，因而觉得自己不用编造一个太大的谎言，就可以佯装出一副毫无私心的模样。若我告诉自己，这个男人的指责基本上只是在于，他在一定程度上双手紧紧抓住鼹鼠，其他想要染指接近的人就会被称为背叛者，而这种说法压根儿不足以使我的内心得到满足。不是这样的，他的行为不能用吝啬，至少不能单独用吝啬，而是要用愤怒来解释，这种愤怒唤起了他的巨大努力，也导致他最终一事无成。然而愤怒也无法解释一切。也许是我对这件事的兴趣真的微不足道，那位教师对陌生人毫无兴趣实属寻常，他大致上会忍耐，对单一对象却不行，然而终于发现有个人以独特的方式关注这件事，却不了解它。我完全不想否认自己是被迫走上这条路的。我不是动物学家，这件事要是我发现的，我会打心底里激动不已，可是发现它的不是我。这么巨大的鼹鼠肯定引人好奇，但也不能要求全世界持续关注，特别是鼹鼠的存在并非完全确凿，而且也无法将它展示给人看。我也承认，就算我是发现者，也许永远不会像我自愿为教师所做的那样为鼹鼠尽心尽力。

要是我的文章成功了，也许我与教师之间的意见分歧很快就会消除，然而成功偏偏不来。也许是文章写得不好、不够有说服力。我是个商人，撰写这样的文章远超出我的专业，超出的程度也许更甚于那位教师。尽管如此，在掌握这件事所有必要的知识上，我还是远远超越了他。失败也可另作解释，也许是出版的时间不对。发现鼹鼠的消息没能顺利传开来，一方面，是因为时间尚未完全冲淡人们的记忆，人们对我的文章并不感到十分意外；另一方面，时间又将原先存在的丁点儿兴趣悉数耗尽。担心我的文章的那些人，用主导几年前这场讨论的绝望口气对自己说，又要开始为这件无聊的事白费功夫了。有些人甚至把我跟教师的文章混淆了。在一份权威的农业杂志上出现了如下评论，所幸只刊在最后，字印得很小："我们又一次收到了关于巨鼹的文章。记得几年前它已惹得我们哄堂大笑。文章还是一样笨拙，而我们也没有变笨。只是我们不能再嘲笑人家一次。为此我们询问了教师联合会，一名乡村教师除了追逐巨鼹外，是否找不到更有益的工作了？"这样的张冠李戴不可原谅！他们既没读过第一篇，也没读过第二篇，只不过匆忙中偶然听见"巨鼹"与"乡村教师"两个可怜兮兮的词，就足以让这些先生以公众兴趣的代表人自居。我原本可以成功地采用各种方式来应对，但由于教师对我的谅解不足，只好作罢。我试着不让他看到这份杂志，能瞒多久算多久，但是很快就被他发现了。在他承诺将于圣诞假期前来拜访的信中，我已看出他知道了这件事。他在信中写道："这世界很糟，人们却不求上进。"他想借此表达，我是这个糟糕世界中的一员，但我仍不满足于自身的劣根性，也不愿为这世界多献上几分心力，也就是说，我的作为是在引出大家的劣根性，助其获得胜利。如今我已做出必要的决定，可以静静地等着他，静静地看着他到来，问候时甚至比平常更不礼貌。看着他默默在我面前坐下，小心翼翼地从他那奇特的棉大衣的胸前口袋中抽出杂志，打开它，摊开在我面前。"我知道这件事。"说完我便将杂志原封不动地推回去。"您知道这件事。"他叹了一口气，他有复述别人回答的教师的老习惯。"我当然不会毫无反抗地容忍。"他继续说，手指激动地敲着杂志，同时眼神锐利地看着我，仿佛我的意见与他对立。他大概预感到我要说什么，我想，我多是从其他迹象中而非从他的话语中察觉到的，他对我的意图的直觉往往十分准确，他却不听从这份直觉，并且让自己不去注意它。我几乎可以一字不落地重述当时我对他说的话，因为对谈后不久我便记录了下来。"您想做什么就去做吧，"我说，"从今天起，我们分道扬镳。我相信您既不会感到意外，也不会觉得不合适。杂志上的消息并非促成我做出这个决定的原因，它只是让我的决定更加坚定不移。真正的原因在于，我起初以为我的出现能对您有益，而今却认识到，我在各方面都伤害了您。我不知道为何事情会演变成这样，成功与失败的原因始终

154

有多种说法，不要只是寻找那些不利于我的说法。想想您自己，从整件事情来看，您的出发点也是好的，最终却失败了。我不是开玩笑，要是我说很遗憾，就连与我的关系也是您的一个失败，这话是针对我自己说的。现在我要退出，这件事既非胆怯，也非背叛。事实上，正是我战胜了自我才会这么做。我多么尊敬您这个人，我在文章里已清楚表明，您在某种程度上已成为我的老师，我甚至觉得鼹鼠变可爱了。尽管如此，我还是要退出，发现的人是您，无论我做什么，我总是在妨碍您名誉加身，还招引到失败并转嫁给您。至少这是您的想法。已经够了。我唯一能做的忏悔就是请求您的原谅。若您要求，我可以公开对您做这番表白，如发表在这本杂志上。"

这就是当时我说的话，虽然并非完全真诚，但要从中找出真诚并不难。这些话给他的影响一如我的预期。大部分老年人在面对年轻人的时候，本性上都会用点蒙骗和谎言。人们和他们一起平静地生活，以为关系很稳固，了解盛行的观点，不断得到和睦相处的证明，一切都理所当然，不料突然发生了重大事件，长久以来培养的平静关系到了发挥作用的时候，这些老年人却变得像陌生人一样起来反抗，发表更深沉、更有力的意见，到此时才正式亮出他们的旗帜。人们看到上面的新口号都会大吃一惊。他们这么吃惊，主要源于老人此时说的确实更合理，更有意义，仿佛理所当然的事晋升了一级，变得更加理所当然了。这种炉火纯青的谎言在于，他们此时说的基本就是他们一直在说的，一般来说无法预料。我定是对这位乡村教师深入了解了，因此他现在并没有让我感到十分惊讶。

"孩子，"他把手放在我的手上，亲切地抚摩着，"您究竟是怎么想到要参与这件事的？第一次听到时，我就和我的妻子讨论起来。"他离开桌边，伸开双臂，望向地面，仿佛他的妻子站在那底下，他正在与她交谈。

"'这么多年来，'我告诉她，'我们单打独斗，现在城里似乎有位高贵的赞助人站出来支持我们，一位城里的商人，名字叫某某某。现在我们应该非常高兴，不是吗？城里的商人可不简单，要是有个卑贱的农夫相信我们，并站出来表明他的看法，对我们一点儿帮助也没有，因为农夫的所作所为总是不体面的，无论他说乡村老教师说得对，还是用不当的方式吐痰，两种方式的效果都是一样的。要是站出来的不是一个农夫而是上万个农夫，效果也许会更糟。相反，城里的商人不一样，这样的人认识的人多，就算只是他随口说说的东西，也会在广大圈子里被传来传去，于是引起新的赞助人的关注。例如有人会说，我们也可以跟乡村教师学习，然后隔天就会有一群人在私底下议论纷纷，从这些人发表的意见来看，怎么也想不到他们会采纳。现在这件事有资金了，一个人筹款，其他人点好钱交到他手中，大家认为必须把乡村教师从村子里接出来。大家都来了，不在乎我的长相，簇拥到我身边来。由于妻子与孩子离不开我，大家也就把他们一起带上。你观察过城里来的人吗？他们总是叽叽喳喳说个不停。要是让城里的人排成一行，他们叽叽喳喳的声音就会从右传到左，再从左传到右，来回不停。所以他们叽叽喳喳地把我们抬进车里，我们根本没有时间对所有人点头致意。马车驾驶座上的先生扶正他的夹鼻眼镜，挥动皮鞭，我们启程了。所有人向村子挥手道别，好似我们还在村里，而不是和他们坐在一起。有几辆马车从城里朝我们迎面驶来，上面坐的人特别没耐性。当我们彼此接近时，他们从座位上站起来，伸长脖子要看我们。筹款的那个人安排着一切，提醒我们少安勿躁。当我们驶进城的时候，马车已经排成长长一列。我们以为欢迎式已经结束，却是到了旅馆门前才要开始。一声召唤，城里马上就聚集了许多人。一个人关心什么事，马上会有人跟着关心起来。他们用呼吸夺走他人的想法，并据为己有。这些人并不是都有马车可坐，因此他们等在旅馆前。另有一些人虽然可以搭马车，但是由于自信而没有这么做。他们也在等待。究竟那位筹款人是如何掌握全局的呢？真是令人费解。'"

我静静地听他说话，是的，他说话的时候，我渐渐平静了下来。印行那篇文章的小册子全被我堆在桌子上。前些时候，我广发通函要求寄出的小册子全数退回，所以大多数都寄回来了，仅有少数几份散落在外。此外，许多人十分礼貌地写信告诉我，他们不记得曾经收过这样的文章，要是真有寄来，那么很遗憾，应该是弄丢了。这样也好，基本上我也没有别的要求。只有一个人请求我允许他留下这本小册子作为稀有珍藏，并且承诺依照我信函中的要求，二十年内都不拿给任何人看。乡村教师还没看过这封信，我很高兴，他的话让我如释重负，因此想把这封信给他看。其实我无须担忧，因为我在下笔时非常小心，从未忽视乡村教师及其事业的利益。信函的主要内容如下："我之所以要求撤回文章，并非因为我放弃了文章里支持的论点，也许当中个别有误或只是无法证实。我的请求仅出于个人原因，且非常紧迫，但请勿妄加推断我对这件事的态度。请求您的尊重。若您愿意，也请广为传播。"

一时间，我还用双手遮住信函，说："因为事情没有这样发展，所以您要责备我？为什么您要这样做？我们不要因为意见分歧而彼此愤恨。并且要试着看清，您虽然有一项发现，但这项发现并不是最大的发现，也因此，您遭遇的不公平也不是最大的不公平。我不懂学术圈的规矩，但是我相信，即使出于最大的善意，也不会有专为您准备的欢迎会，一如您向您可怜的妻子所描述的那样。如果我对这篇文章的影响有所期待，我相信也许会有教授因此注意到您的事，然后委派一名年轻大学生追踪调查。这位大学生会来到你们这里，然后以他的方式将您与我的调查重新核查一遍，若他认为核查结果值得一提——可以确定的是，所有大学生都十分多疑——最后他会发表一篇自己的文章，在文章里论述您所描述的东西在学术上成立。然而就算这个愿望实现了，也不会有太大的收获。大学生为如此奇特之事辩护而写的文章，说不定会被人嘲笑。这种事情很容易发生，您也看到了农业杂志上的例子，学术杂志在这方面更无所顾忌。可以理解教授们身上背负着许多责任，对自己的、对学术的、对后世的，他们不能投入到每个新发现中去。我们其他人在这方面相对来说更具优势，但是我先不考虑这些，我想假设，大学生的文章取得成功了，那之后会发生什么事呢？您的名字会被光荣地多次提及，这可能有益于您的处境，人们会说：'我们的乡村教师有一双慧眼。'要是杂志有记忆与良知，那份杂志会公开向您致歉，然后会出现一位好心的教授，替您交涉奔走，争取一份奖学金。人们也真有可能设法让您迁入城里，在市立学校为您谋取一个职位，好给您机会利用这座城市的学术资源继续深造。若要我坦诚，我必须说，我觉得他们顶多只会试一试。他们会将您召来，您也会来，不过就跟上百个寻常的请愿者一样，没有隆重的欢迎会。他们会跟您谈话，承认您诚心诚意的努力，同时会发现您已年迈，这种年纪开始做学术研究是没有前途的，尤其是您的发现是出于偶然而非计划，除了这件事之外您也不打算做其他研究。人们会出于这些原因将您留在村子里。您的发现固然会被人继续研究下去，毕竟这个发现并非小到让您获得承认之后便被永远遗忘。但是，您不会再知道更多关于这项研究的消息了，您即便知道了，也不会理解。每一项发现都会被立即纳入整个学术领域，从此在某种程度上不再是个发现，它被并入整体，然后消失，只有受过学术训练的人才能辨识它。它将立即与许多原理联系在一起，而这些原理我们从未听闻过，在学术争论中，它会连同这些原理一起被扯到九霄云外。我们如何能理解呢？要是聆听一场这样的讨论，我们会以为人们在谈这个发现，却又会以为他们在谈别的事。"

"好了，"乡村教师说，他取出烟斗，开始往里面塞烟草，他在每个口袋里都放了些烟草，"您自愿参与这件吃力不讨好的事，现在又自愿退出。您全都做对了。""我不是固执的人。"我说，"您认为我有哪些建议该受非议？""没有，完全没有。"乡村教师说，他的烟斗已开始冒烟。我受不了他的烟草味，所以站起来，在房里来回踱步。在先前的谈话中，我已经习惯乡村教师对我三缄其口，而且一旦他来了，就不愿意离开我的房间。这有时让我感到非常诡异，他还想从我身上得到些什么吧，我总是这么想。我给他钱，他也如常收受。但是，他总要等到他想要走的时候才离开。通常都是他把烟斗抽完了，绕着扶手椅走几圈，然后恭恭敬敬地将椅子推到桌边摆好，抓起他放在墙角的手杖，殷勤地与我握手，最后离开。今天他沉默地坐在那里，却让我觉得烦躁。要是有人像我一样，要与某人从此一刀两断，对方也认为这样完全正确，那就应该尽快做完还需共同了结的那点事，别让对方徒劳地忍受自己的沉默。要是有人从后面细看这个矮小结实的老人坐在我桌边的模样，他会相信，要把这个老人请出房间是根本不可能的。

卡 夫 卡 年 表

1883年	7月3日，弗朗茨·卡夫卡生于波希米亚王国首都布拉格。波希米亚王国的范围大致相当于今天捷克共和国摩拉维亚地区以外的地方，当时隶属于奥匈帝国。
	卡夫卡的父亲赫尔曼·卡夫卡（Hermann Kafka, 1852—1931）出身贫寒，是捷克犹太商贩，母亲朱莉·洛维（Julie Löwy, 1856—1934）出身犹太中产之家，受教育程度不高，仅能从事主妇之职，协助丈夫经营妇女美妆用品店。
	卡夫卡有三个妹妹，分别为爱莉·卡夫卡（Elli Kafka, 1889—1942）、娃莉·卡夫卡（Valli Kafka, 1890—1942）和奥特拉·卡夫卡（Ottla Kafka, 1892—1943），她们都在"二战"期间死于纳粹集中营。大妹与二妹于1941年10月被送往波兰洛兹（Lodz）的犹太集中居住区，翌年死于库尔姆（Kulmhof）集中营；小妹于1943年死于奥斯维辛－比克瑙（Auschwitz II-Birkenau）集中营；另有两个弟弟，皆在幼年病逝。
1889年（六岁）	就读于弗莱许广场（Fleischmarkt）的德语小学。
	9月，大妹爱莉出生。
1890年（七岁）	9月，二妹娃莉出生。
1892年（九岁）	10月，小妹奥特拉出生。
1893年（十岁）	进入旧城德语中学就读。与家人住在柴特纳街。
1901年（十八岁）	夏天，中学毕业。
	秋天，入布拉格卡尔－费迪南大学（Karl-Ferdinands-Universität），当时也称布拉格德语大学（Deutsche Universität Prag）就读；起初修习化学、日耳曼语言文学与艺术史，后改习法律。

- 1902年（十九岁）　暑假，在波希米亚西北部城镇里波荷（Liboch）与特里施（Triesch）的舅舅家度过，其舅舅西格弗里德·洛维（Siegfried Löwy）为一名乡村医生。

　　10月，在大学初识捷克犹太作家与评论家马克斯·布罗德（Max Brod，1884—1968），后成为莫逆之交。

- 1904年（二十一岁）　撰写短篇小说《一场战斗纪实》（Beschreibung eines Kampfes），此为卡夫卡现存最早的作品。与犹太作家马克斯·布罗德、奥斯卡·鲍姆（Oskar Baum，1883—1941）、费利克斯·韦尔奇（Felix Weltsch，1884—1964）等开始固定聚会，交往密切。

- 1906年（二十三岁）　10月，开始在布拉格地方与刑事法庭实习，为期一年。

- 1907年（二十四岁）　撰写《乡村婚礼筹备》（Hochzeitsvorbereitungen auf dem Lande）。

　　10月，受到舅舅推荐，进入布拉格"忠利保险公司"担任临时雇员。随家人搬迁至尼可拉斯街。

- 1908年（二十五岁）　3月，在《许培里昂》（Hyperion）文学双月刊发表八则小短文，后收录于《沉思》（Betrachtung）。

　　7月，离开"忠利保险公司"，入"劳工事故保险局"任职，它是波希米亚王国的半官方机构，卡夫卡在此工作至1922年，长达14年之久。

- 1909年（二十六岁）　春夏之际，开始着手写日记。

　　9月，与布罗德兄弟（Max und Otto Brod）同游意大利北部，于布雷西亚（Brescia）观赏飞机试飞，写成短篇游记《布雷西亚的飞机》（Die Aeroplane in Brescia），不久发表于布拉格的德语报纸《波希米亚日报》（Bohemia）。

　　秋天，编修《一场战斗纪实》第二版。

- 1910年（二十七岁）　3月底，于《波希米亚日报》发表五则短文，题名《沉思》。

　　10月，与布罗德兄弟同游巴黎。初遇巡回布拉格演出数月的犹太人剧团，并产生兴趣。

- 1911年（二十八岁）　夏天，与马克斯·布罗德同游瑞士、意大利北部与巴黎。

　　9月底，因肺病于苏黎世近郊艾伦巴赫的疗养院停留。

● 1912年（二十九岁） 年初，开始撰写长篇小说《失踪者》(*Der Verschollene*)。这部作品在之后出版时由布罗德更名为《美国》(*Amerika*)。

夏天，与马克斯·布罗德同游莱比锡（Leipzig）、魏玛（Weimar）与哈茨山（Harz）附近一处名为雍柏恩（Jungborn）的天然疗养院。

8月，整理《沉思》书稿，在布罗德家中遇见柏林犹太人费莉丝·鲍尔（Felice Bauer, 1887—1960）。

9月20日，开始与费莉丝通信。

9月22日，一夜撰写出《判决》(*Das Urteil*)，该小说奠定了卡夫卡的写作风格。

11月至12月，撰写《变形记》(*Die Verwandlung*)。

12月，《沉思》由德国莱比锡的恩斯特·罗沃特出版社（Ernst Rowohlt Verlag）出版，收录短文十八篇。

12月4日，在布拉格举行首度公开演讲，朗读《判决》。

● 1913年（三十岁） 3月，在布罗德家中朗读《变形记》。与费莉丝频繁通信。初次赴柏林访费莉丝。

5月，圣灵降临节假期赴柏林再访费莉丝；月底，短篇小说《司炉（一则断片）》(*Der Heizer : Ein Fragment*)（《失踪者》第一章）在莱比锡由科尔特·沃尔夫出版社（Kurt Wolff Verlag）出版。

6月，《判决》发表于布罗德编集的《阿卡迪亚》(*Arkadia*)文学年鉴。

9月，游维也纳、威尼斯、里瓦（Riva）。

● 1914年（三十一岁） 4月，复活节假期两日赴柏林访费莉丝。

6月1日，在柏林与费莉丝订婚。

7月12日，解除婚约。游历德国北部波罗的海、吕贝克。

7月28日，"一战"爆发，因其公务职能，被免除入伍从军。

8月，在比雷克街租赁自己的房间；月初，开始撰写长篇小说《审判》(*Der Prozess*)。

10月，撰写《在流放地》(*In der Strafkolonie*)。完成《失踪者》最后一章。

- 1915年（三十二岁）   1月，解除婚约后于波希米亚北部边界城市博登巴赫（Bodenbach，今 Decin）与费莉丝·鲍尔相见。

    3月，迁居至朗恩街。

    10月，《变形记》发表于德国表现主义文学月刊《白书页》（*Die Weißen Blätter*）十月号。

    11月，《变形记》由科尔特·沃尔夫出版社出版。

    12月，德国犹太表现主义作家卡尔·史登海姆（Carl Sternheim，1878—1942）将其获得的柏林冯塔纳文学奖（Fontane-Preis，1913—）的奖金八百马克全数授予卡夫卡，作为对其作品的高度肯定。

- 1916年（三十三岁）   7月，与费莉丝·鲍尔同游波希米亚西部的玛丽亚温泉市（Marienbad）。

    9月，《判决》由科尔特·沃尔夫出版社出版。

    11月10日，在德国慕尼黑公开朗读短篇小说《在流放地》；月底，迁居至炼金术士街（位于布拉格城堡旁、中世纪风格与炼金传统受保护的黄金巷），撰写《乡村医生》（*Ein Landarzt*）等短篇小说。

- 1917年（三十四岁）   3月，迁居至美泉宫附近的广场街。

    7月，与费莉丝二度订婚。

    8月，发现肺结核病征。

    9月4日，被医生确诊为肺结核；后至波希米亚西北部曲劳（Zürau，又称 Sirem）一处由小妹奥特拉经营的农场休养。自秋天至翌年春天，于日记上撰写许多箴言。费莉丝曾于9月前往探访两日。

    12月，费莉丝造访布拉格，两人第二次解除婚约。

- 1918年（二十五岁）   居于曲劳至4月。

    夏天，居于布拉格；访波希米亚北部城镇伦布尔克（Rumburg / Rumburk）。

    9月，访奥匈帝国城镇图尔瑙（Turnau）。

    11月起，定居捷克（捷克斯洛伐克共和国于当年10月成立）北部什雷森（Schelesen）疗养，于旅馆结识捷克犹太人朱莉·沃丽采克（Julie Wohryzek，1891—1944）。

- 1919年（三十六岁） 春天，回布拉格。

  夏天，与朱莉·沃丽采克订婚。

  10月，《在流放地》在德国由科尔特·沃尔夫出版社出版。

  11月，与朱莉·沃丽采克订婚一事受到双亲强烈反对；咳血，于什雷森疗养；撰写《给父亲的信》（Brief an den Vater）。

- 1920年（三十七岁） 4月，于今意大利北部德语区南提洛（Südtirol）的梅兰镇（Meran）疗养；南提洛原为奥匈帝国（1867—1918）境内最高处，"一战"后被意大利吞并；与已婚的捷克女记者、翻译米莲娜·叶森思卡（Milena Jesenská, 1896—1944）因《司炉》的捷克文翻译而开始书信往来，并陷入爱河。

  春天，《乡村医生》由科尔特·沃尔夫出版社出版，收录短篇小说十四则。

  7月，与朱莉·沃丽采克解除婚约。

  夏天至秋天，居于布拉格，撰写多篇小短文。

  12月中，赴塔特拉（Tatra）疗养。

- 1921年（三十八岁） 于塔特拉停留至8月。

  秋天，再返布拉格。写成短篇小说《最初的苦痛》（Erstes Leid）。

- 1922年（三十九岁） 1月底至2月中旬，于捷克北部高山科克谢山的史宾德穆勒（Spindelmühle）疗养。后居于布拉格。

  春天，写成短篇小说《饥饿艺术家》（Ein Hungerkünstler）。

  1月至9月，撰写长篇小说《城堡》（Das Schloss）。

  7月1日，结束在劳工事故保险局14年的任职。

  7月底至9月中旬，随小妹奥特拉居于普拉纳（Plana）。

  10月，《饥饿艺术家》发表于德国《新论坛报》（Die Neue Rundschau）。

- 1923年（四十岁） 居于布拉格。

  6月，访德国北部近波罗的海的米里茨市（Müritz），与德国犹太人朵拉·迪亚曼特（Dora Diamant, 1898—1952）相遇。

  9月，自布拉格移居柏林，与朵拉同居。

  10月，写成短篇小说《一名小女子》（Eine kleine Frau）。

166

- 1924年（四十一岁）　居于柏林，病情急速恶化，其时德国通货膨胀、政局不安。

  3月，返布拉格，写成《女歌手约瑟芬或耗子民族》

  （*Josefine, die Sängerin oder Das Volk der Mäuse*）。

  4月，由朵拉陪同，前往奥地利东部基尔林（Kierling）的疗养院接受治疗；病中校对短篇小说集《饥饿艺术家》。

  6月3日，病逝于维也纳附近的基尔林市。

  6月11日，安葬于布拉格史塔许尼兹（Straschnitz）的犹太墓园。

  夏天，短篇小说集《饥饿艺术家》于德国柏林出版，共有故事四则。

- 1925年（死后一年）　长篇小说《审判》于德国柏林出版。

- 1926年（死后两年）　长篇小说《城堡》于德国慕尼黑出版。

- 1927年（死后三年）　长篇小说《美国》（马克斯·布罗德所题书名，原名为《失踪者》）于德国慕尼黑出版。

- 1931年（死后七年）　遗稿集《中国长城建造时》（*Beim Bau der chinesischen Mauer*）于德国柏林出版。

- 1934年（死后十年）　遗稿集《在法的门前》（*Vor dem Gesetz*）于德国柏林出版。

- 1935年至1937年　马克斯·布罗德主编《卡夫卡全集》共六册，于美国纽约出版。

- 1950年至1967年　马克斯·布罗德主编《卡夫卡全集》全十册，于德国法兰克福出版。

喧嚣：卡夫卡中短篇作品
德文直译全集

[奥] 弗朗茨·卡夫卡 著

彤雅立 译

图书在版编目（CIP）数据

喧嚣：卡夫卡中短篇作品德文直译全集 /（奥）弗
朗茨·卡夫卡著；彤雅立译. — 北京：北京燕山
出版社,2021.1（2024.11重印）
（设计师联名书系. K经典）
ISBN 978-7-5402-4751-5

Ⅰ.①喧… Ⅱ.①弗…②彤… Ⅲ.①中篇小说－小
说集－奥地利－现代②短篇小说－小说集－奥地利－现代
Ⅳ.①I521.45

中国版本图书馆CIP数据核字（2020）第185370号

Großer Lärm

By Franz Kafka

Jacket design by Peter Mendelsund
本简体中文版翻译由台湾远足文化事业股份有限
公司 / 缪思文化授权
Simplified Chinese edition ©2021 by United
Sky (Beijing) New Media Co.,Ltd.

选题策划	联合天际·文艺家工作室
特约编辑	张雪婷　王书平
美术编辑	程 阁
封面设计	Peter Mendelsund　刘彭新

责任编辑	郭 悦　李瑞芳
出　版	北京燕山出版社有限公司
社　址	北京市西城区椿树街道琉璃厂西街20号
邮　编	100052
电话传真	86-10-65240430（总编室）
发　行	未读（天津）文化传媒有限公司
印　刷	北京联兴盛业印刷股份有限公司
开　本	787毫米×1092毫米　1/32
字　数	89千字
印　张	5.5印张
版　次	2021年1月第1版
印　次	2024年11月第6次印刷
ISBN	978-7-5402-4751-5
定　价	55.00元

关注未读好书

客服咨询